民国笔记小说粹编编委会

民国笔记小说粹编

云自在龛随笔

缪荃孙 著

山西出版传媒集团
三晋出版社

图书在版编目(CIP)数据

云自在龛随笔 / 缪荃孙著. —太原:三晋出版社,
2022.6
(民国笔记小说粹编)
ISBN 978-7-5457-2460-8

Ⅰ. ①云… Ⅱ. ①缪… Ⅲ. ①笔记小说—小说集—中
国—近代 Ⅳ. ① I242.1

中国版本图书馆CIP数据核字(2022)第100135号

云自在龛随笔

著　　者:缪荃孙
责任编辑:秦艳兰
助理编辑:张丹华　孙科科
责任印制:李佳音
封面设计:段宇杰

出 版 者:山西出版传媒集团·三晋出版社
地　　址:太原市建设南路21号
电　　话:0351-4956036(总编室)
　　　　　0351-4922203(印制部)
网　　址:http://www.sjcbs.cn

经 销 者:新华书店
承 印 者:山西人民印刷有限责任公司

开　　本:850mm×1168mm　1/32
印　　张:9.5
字　　数:190千字
版　　次:2022年6月　第1版
印　　次:2022年8月　第1次印刷
书　　号:ISBN 978-7-5457-2460-8
定　　价:42.00元

如有印装质量问题,请与本社发行部联系　电话:0351-4922268

总　序

黄　霖

承蒙三晋出版社的错爱，我遵嘱为他们在《民国笔记小说大观》的基础上再做的选粹本作了这个序。说实话，当时我一听这个书名就感到有点头疼，因为自从1912年王文濡推出《笔记小说大观》以来，究竟如何认识"笔记小说"这个名目可以说是众说纷纭，非三言两语能够说清，再加上手头的事情实在太多，不想去算这笔糊涂账了。但后来一想，近年来我正从研究近代文论的圈子里跨出来，在关注现代的"旧体"文学与文论，"笔记小说"这个名目作为一种文类或文体亮相并引发了争议，也正是从近现代开始的，因此也不妨乘此机会来梳理一下吧。

显然，要辨说"笔记小说"，首先要将"笔记"与"小说"这两个概念简要地说一说。好在古代对这两个概念，大家的认识本来就大致相近。

假如从《庄子·外物》《论语·子张》《荀子·正名》分别所说的"小说""小道""小家珍说"算起，"小说"之名是出现得比较早的。到汉代桓谭《新论》所提的"小说"就与20世纪前一般学者所认识的"小说"比较一致了。它指出其特点是“丛残小语，近取譬论，以作短书”。尽管“小说”于“治身理家，有可观之辞”，但据《论衡·谢短篇》等篇的解释，这类“短书”，写的都是“小道”，“非儒者之贵也”。到《汉书·艺文志》就明确在史志目录中将“小说”归为一类，并列出了具体的书名，从中可见，“小说”中既有“史官记事”之作，也有“迂诞依托”之书，另有阐发哲理的议论、风俗逸闻的记载，等等，内容庞杂，范围广泛。以此可见，“小说”这个概念的出现，先是从内容着眼，强调它写的是有别于经传“大道”之外的杂七杂八的“小道”，与此相适应的是在形式上都是“丛残小语”。简言之，所谓“小说”，就是并非正面、集中阐述“大道”的杂、碎文字。

至于“笔记”之名，当后起于文笔相分的六朝。刘勰《文心雕龙·总术》云：“今之常言，有文有笔，以为无韵者笔也，有韵者文也。”笔记，当属用无韵之笔随记而成的、有别于经年累月、深思熟虑写就的杂、碎文字。当时之所以起用“笔记”之名，主要是从写作的方式与形式的角度上来考虑的。一时使用这个概念者也较多，如刘勰在《文心雕龙·才略》中明确地提出了有“笔记”之作：“路粹、杨修，颇怀笔记之工”，“温太真之笔记，循理而清通，亦笔端之良工也”。差不多同时的萧子显在《南齐书》卷五十二《文学·丘巨源传》中也提到了“笔记”之名。到宋代就有了以“笔记”为名的书籍，如宋祁的《宋景文公笔记》、苏轼的《仇池笔记》等等，久盛不衰。假如也用一语而言之，则所谓“笔记”，就是随笔而记的无韵杂、碎文字。

于此可见，“小说”与“笔记”之别，主要是在起用这两个概念时的着眼点、出发点不同，一是从内容出发，一是从写作的方式出发，在20世纪以前的文献学意义上，它们的实际内涵与外延应该是大致相同的，所谓“笔记”或“小说”，都是指经(正)史之外的，包括各类内容与多种形式的零简短章。它们一般都用的是文言，所以到现代，有人在“小说”之前加了“笔记”，用来与“白话小说”相区别；它们一般成集，但也有单篇或零星几章的，特别是在报刊兴起之后，单篇之作也很多。正因为“小说”与“笔记”两个名目，有异有同，古人又似未见对此有所辨析，只是在各自的著作中自做不同的分类或赋予不同的名目，于是就分分合合，弄得缠夹不清了。

不过，据我粗略的检视，在20世纪以前的漫长历史中，文人墨客或用“小说”之名，或称“笔记”之作，绝大多数并没有将这两个名称合在一起，没有把“笔记小说”或“小说笔记”作为一个文体或文类的名称来使用的。偶尔有之，也是为了文气的连贯而将两者作为相近文体或文类而并列在一起而已。假如当时有标点符号的话，应该是写成“笔记、小说”更为确切，只是当时没有标点符号，就将两者并写在一起了，如宋代史绳祖在《学斋占毕》卷二“蔆薐二物”条中说：“前辈笔记小说固有字误，或刊本之误，因而后生末学不稽考本出处，承袭谬误甚多。”[①]再如清代王杰所编的《钦定重刻淳化阁帖释文》中有一文写道，“各有专书以纠其失，其他见于古今诗、文及说部、笔记者指摘不胜枚举”。[②] 这里的诗与文、说部与笔记之间都是应该加顿号的，它们都是并称的。再如江藩在说钱大昕治元史时说：“搜罗元人诗文集、小说笔记、金石碑版，重修元史，后恐有违功令，改为《元诗纪事》。”[③]其“小说笔记”也只能看作是性质相近的两类文字并写在一起，也并没有将“小说笔记”四字合在一起看作是一个文体或文类。

时代跨进了20世纪，在新的文学思潮影响下，1902年梁启超在正式发行中国第一本小说杂志《新小说》之前两个月，在《新民丛报》第十四号上发了一篇《中国惟一之文学报〈新小说〉》，对将要发行的《新小说》的宗旨、形式、内容、发行等问题做了介绍，特别详细地对将要发表的各类小说做了分类说明，指出有历史小说、政治小说、哲理科学小说、军事小说、冒险小说、探侦小说、写情小说、语怪小说等不同，这些显然都是从内容上分类的。接下来就从形式上、或者说从文体上指出还有“札记体小说”与“传奇体小说”。在这里，“札记”与“笔记”义同。他特别在“札记”与“小说”之间加了一个“体”字，意义非

---

① 史绳祖《学斋占毕》卷二，文渊阁四库全书本。

② 王杰等辑《钦定石渠宝笈续编》卷二十三，清乾隆末年内府朱丝栏抄嘉庆增补本。

③ 江藩《国朝汉学师承记》卷三，清嘉庆十七年刻本。

凡。这表明在新潮的西方文学观念影响下，他所认识的“小说”已不再是传统的不论在内容上还是形式上都是包罗万象、混沌模糊的一个概念，而是开始将“小说”看作“文学”中的一种自具特色的文体，而“笔记”也只是一种特殊的表现形式与手段。正是在转变了小说观念之后，他在“笔记”与“小说”之间加了一个“体”字，以示这类小说是“笔记”类文体或形式的小说。后在《新小说》正式发行时，他又将“札记体小说”略称为“札记小说”。这种“札记小说”的代表作就是“随意杂录”的“《聊斋》《阅微草堂》之类”。这也就是说，“札记小说”乃是一种用随意笔记的形式写就的如《聊斋志异》《阅微草堂笔记》一类的有故事、有人物，乃至有虚构的文字，也就是“札记体小说”。现在看来，梁启超在新潮的纯文学观念影响下，他心中的“小说”已不同于桓谭、班固到刘知几、胡应麟及四库馆臣笔下的“小说”了。他已将“小说”作为“文学”中的一种独立的文体，不再与“笔记”混同一体，而认为古代作品中“笔记”与“小说”这两者的关系，只能是“笔记体小说”或“小说体笔记”，因而在他主编的《新小说》中发表诸如《啸天庐拾异》《反聊斋》《知新室新译丛》等作品时所标的“札记小说”四个字的含义，实际上已经与古人所用的“笔记小说”之义大相径庭，赋予了“笔记体（类）小说”的新意。这是一次历史性的跨越。自此之后，“札记小说”或“笔记小说”四字的含义，就不再只是“笔记与小说”或者是“笔记加小说”一解，而是另有了一种新义了。而且在这里也清楚地告诉了人们,“笔记”与“小说”两者是不能相混的:在“笔记”中有一类是“小说”,还有许多并不是小说;在小说中有一类是“笔记体”,还有很多是非笔记体的;所谓“札记体小说”或“札记小说”,就是用笔记的手法写成的小说,或者说是归于“笔记”类中的“小说”。

梁启超的看法立即产生了影响。继《新小说》之后,不久发行的一些小说杂志,如《竞立社小说月报》《月月小说》,乃至如以学术为主的《东方杂志》之类也都在这样理解“札记小说”四字的基础上安排了这一专栏,发表了一系列的“笔记体(类)小说”。同时,商务印书馆出版的规模宏大的“说部丛书”,也据梁氏的分类标准,在每一部的封面上大都醒目地标明了是属于某类小说,如政治小说、军事小说等等,其中也有《海外拾遗》《罗刹因果录》等标明是“笔记小说”。此二书,都是分八则,写了各色人等的故事。这里的“笔记”与“小说”之间虽无一个“体”字,但实际就是“笔记体(类)小说”的意思,都是用随笔的形式写成的有故事、有人物、有虚构的作品。乃至在1929年4月2日的《新闻报》的广告栏中刊载大华书店发售的小说,也标明了不同的分类,除了从内容上区别“武侠小说类”“香艳小说类”及新与旧的不同外,另就形式而言也有“笔记小说类”。显然,这个“笔记小说类”也就是“笔记中的小说”或“小说类的笔记”,与梁启超的认识是一脉相承的。

但到民国年间出现了新问题,好编丛书的王文濡,接连编印了《古今说部丛书》《笔记小说大观》《说库》等将传统笔记与小说混在一起的丛书。其用"说部丛书""说库"之名当无问题，而其于1912年用进步书局之名出版的《笔记小说大观》一书，共分八辑，收220余种作品，体量极大，尽管其书的《凡例》称"所选趋重小说"，但同时又说，"然关于讨论经史异义，阐发诗文要旨"等"古人笔记中往往有之"之作品也不忍"割爱"。且开宗明义第一条就说："本编纂辑历代笔记，起六朝，迄民国，巨人伟作，收罗殆遍。"其书在报纸上刊载的"预约广告"也说："《笔记小说大观》，系集汉魏以来笔记二百余种之汇刊，都五百余册。"[①]都是将"笔记"覆盖了"小说"。可见王文濡心目中还是将"小说"与"笔记"混在一起的。这样一来，同样"笔记小说"四字，自古至今出现了三种理解：一种是古代个别学者将"笔记"与"小说"并称而合在一起；另一种是如梁启超们将"笔记"中可称"小说"的一类称之为"札记体小说"或略称为"札记小说"；再者就是王文濡将"笔记"与"小说"混为一类的"笔记小说"。

由于当时的小说界普遍接受了新潮的小说观，而对古人曾经有过的零星将"笔记"与"小说"并称的情况没有注意，所以一见王文濡将"笔记"与"小说"混为一类就多有不满，如在当时文坛上比较活跃的姚赓夔就撰文说：

---

① 《新闻报》《民国日报》1928年6月19日同载。

“笔记小说”四字,最不可解。笔记自笔记,小说自小说,岂可相混?笔记而名之以小说,是何异画蛇而添足乎?①

署名玉衡者也发文说:

笔记与短篇小说,体裁既异,结构亦不自同。而今之作者,往往互相混淆,是无异于孙周之兄不能辨菽麦。②

《海上繁华梦》作者漱石生也说:

笔记有笔记体裁,小说有小说绳墨,二者绝不相混也。③

与此同时,小说界开始注意辨析“笔记”与“小说”的异同。如《申报》1921 年 3 月 20 日载《笔记与小说之区别》,列举了九条,如云:“笔记须有记载之价值,次之趣味;小说须有百读不厌之精神,次之勿使阅者意懈,目不终篇。”“笔记重实叙,故曰记;小说可虚绘,故曰说。”“笔

---

① 《小说杂谈》,《星期》1922 年第 29 期。

② 《小说管窥》,《星期》1923 年 7 月 29 日。

③ 《余之古今小说观》,《新月》1925 年 11 月 1 日。

记叙人物、地址皆有名，示翔实焉；小说多以'某'代之，或并某字而无之，如'生''女'皆成名称，不妨虚衬也。"为了避免将"笔记"与"小说"混淆，一些学者重拾梁启超的旧话，用"笔记体的小说"①"笔记式的小说"②或"笔记的小说"③等提法来取代容易混淆的"笔记小说"。应该说，假如大家都遵循这样的提法的话，后世就不会产生歧义了。

但问题比较麻烦的是，实际上从梁启超始，既创用"札记体小说"之名，又将之略称为"札记小说"，自乱了阵脚。现经《笔记小说大观》热炒畅销之后，特别经过一些"笔记+小说"类的"笔记小说"选本与丛书的不断亮相（选本与丛书中也有一些是只收"小说"的或只称"笔记"的），还是有相当一部分人将"笔记小说"看成是"笔记+小说"的。"笔记小说"一个名目、两种理解状况就始终存在着。

更使人缠夹不清的是，尽管自20世纪二三十年代后，大多数小说史家与文学史家笔下的"笔记小说"的实际含义已是"笔记类小说"，但他们还是乐此不疲地沿用"笔记小说"来论文与著史。最典型的如郑振铎先生，他在1930年写的专论小说分类的《中国小说的分类及其演化的趋

---

① 叶楚伧《中国小说谈》，《民国日报》1923年7月24日。
② 赵芝岩《小说闲话》，《半月》第3卷第14号。
③ 周群玉《白话文学史大纲》，上海群学社1928年版，第123页。

势》长文中，一方面指责《笔记小说大观》收之太滥，强调“笔记小说”丛书应当编成“故事集”，另一方面还是沿用“笔记小说”之名。他说：

> 第一类是所谓“笔记小说”。这个笔记小说的名称，系指《搜神记》（干宝）、《续齐谐记》（吴均）、《博异志》（谷神子）以至《阅微草堂笔记》（纪昀）一类比较具有多量的琐杂的或神异的“故事”总集而言；范围固不能过于狭小，内容的审查，固不能过于严格，然也不能如前之滥，将一切“杂事”“异闻”“琐语”都包括了进去，有如近日出版的通俗本的“笔记小说大观”。我们应该将他们限于“故事集”的一个标准之下，或至少须是具有大多数的故事的。所谓“琐语”之类的东西，像《计然万物录》（编者注：托名计然著，东汉时成书，原书佚，清茆泮林辑）、《博物记》（汉唐蒙）、《博物志》（晋张华）、《清异录》（宋陶谷）、《杂纂》（唐李商隐）、《幽梦影》（清张潮）、《板桥杂记》（清余怀）；所谓“异闻”之类中的《山海经》《海内十洲记》《神异经》；所谓“杂事”之类中的《摭言》（唐王定保）、《云溪友议》（唐范摅）、《北梦琐言》（宋孙光宪）、《归田录》（宋欧阳修）、《侯鲭录》（宋赵德麟）等

等，都是不能算作"笔记小说"的。[①]

在民国时期另作专论"笔记小说"的是王季思先生。他写的《中国的笔记小说》《中国笔记小说略述》两文内容大致相同。其基本意思也同郑振铎。他说："就笔记说，凡是纯属学术的讨论与考订的，如《困学纪闻》《日知录》《廿二史札记》《十驾斋养新录》，虽是笔记，却非小说。"除此之外，笔记的"轶事、怪异、诙谐"三类中，不论所写"幻想幻觉"还是"所见所闻"，凡有故事，有人物，"最可见作者及所记人物个性"的，就是"笔记小说"。[②]

民国时期两篇有关"笔记小说"的专论，都是认同用四个字来表达笔记中的小说是一种独立的文体。这样的认知与表达实际上也反映了民国以来绝大多数的文学史、小说史作者的看法。不但如此，以后的文学史、小说史作者大都也是如此，一直到20世纪90年代所出的几本具有代表意义的"笔记小说史"，乃至目前最流行的袁行霈先生主编的《中国文学史》与袁世硕先生主编的《中国文学史》，都是将"笔记小说"理解为"笔记体小说"而不是"笔记与小说"的。苗壮先生的《笔记小说史》定义"笔记小说"时说："以笔记形式所写的小说，它以简洁的文言、短

---

① 郑振铎《中国小说的分类及其演化的趋势》，《学生杂志》1930年第17卷第1期。

② 王季思《中国的笔记小说》，《战时中学生》1939年第9期；《中国笔记小说略述》，《新学生》1947年第4卷第2期。

小的篇幅记叙人物的故事。”[①]而袁行霈先生主编的《中国文学史》说“笔记小说”是“采用文言，篇幅短小，记叙社会上流传的奇异故事、人物的逸闻轶事或其片言只语”。[②]显然，他们都将“小说”之外的“笔记”排斥在“笔记小说”之外。但是，时至今日，人们在沿用这个歧义的“笔记小说”的名目时，已经很少有人再想起历史上曾经用过的“笔记体小说”“笔记式小说”“笔记类小说”这类比较确切的提法了。

从梁启超到郑振铎、王季思，到当代的文学史、小说史作者们，为什么明明心里想要表达的是“札记体小说”，要将“笔记”与“小说”区别开来，认为混入了不少笔记的《笔记小说大观》收得过滥，而最后还是没有鲜明地表示“笔记自笔记，小说自小说”，还是用了一个容易混淆视听的“笔记小说”呢？我想可能主要是汉字构词的特点所造成的。我们的汉字富有弹性，构词时常常留下了活络的空间。“笔记小说”四字，的确可以包容“笔记与小说”“笔记体小说”“笔记小说这一类小说”这三种不同的理解。谁都可以用这四个字来表达，谁都不能算错。再加上传统写诗作文，用四字构词比较上口，特别如梁启超，在为未出的《新小说》做广告时拈出了“札记体小说”，而当《新

---

① 苗壮《笔记小说史》，浙江古籍出版社 1998 年版，第 4 页。

② 袁行霈主编《中国文学史》第三版，第二卷，高等教育出版社 2014 年版，第 153 页。

小说》正式付印时，考虑与“历史小说”“政治小说”“科学小说”等并称，就略称为“札记小说”。当时在他心目中，肯定觉得这“札记小说”就等于“札记体小说”，殊不知“札记小说”也可理解成不是“札记体小说”的呢！

再看，从《笔记小说大观》问世以来，陆陆续续用“笔记小说”之名出版的一些选本或丛书，其总体数量虽不能与一些史著与研究著作相比，但其混乱的程度却非常突出。当然，其中也有一些选本或丛书用“笔记小说”或“小说笔记”之名来编选作品时，基本上都是选录了一些有小说意味的作品，如 1934 年江畬经编选的规模不小的《历代小说笔记选》就是一例。1949 年后，如 2004 年天津古籍出版社出版的《唐宋笔记小说释译》就明确说，“所选篇目以故事性、趣味性的轶事为主”。对于“笔记小说”概念的辨析最为清楚的，要数严杰先生在他编选几种“笔记选”时所写的前言中说的：“笔记小说只是笔记中的一大类”；“笔记大致可以分为三类”，“第一类以记载短小故事为主”，“第二类以历史琐闻为主”，“第三类以考据辩证为主”；“把笔记划分为三大类，并确定笔记小说的范围，需要注意的是，其间界限并不是非常清楚的，只能划出大略的轮廓而已。在确认第一类笔记为笔记小说的同时，也应该承认第二、第三类中也存在着相当数量的小说。笔记小说毕竟不能算是有意识创作的产物，其中的文学成分不是很纯净的”；“我们就不便再把唐传奇当作笔记小说看待了，尽管它同笔记小说有着渊源关系”。[①] 但是，毋庸讳言，还有编选者对于“笔记小说”的概念是缠夹不清的。比如，自《笔记小说大观》之后，1978—1987 年台北新兴书局出版的《笔记小说大观丛刊》，1990 年、1994 年先后由周光培编辑出版的《历代笔记小说汇编》（辽沈书社）、《历代笔记小说集成》（河北教育出版社），1999—2007 年上海古籍出版社出版的《历代笔记小说大观》，规模都很庞大，然其所收的没有小说意味的笔记触处可见，显然它们都是受王文濡的影响，将笔记与小说混为一类的。还有的，甚至将传奇、通俗长篇小说都纳入“笔记小说”之内，如有《清代笔记小说类编》一书，其《总序》说：“全书以传奇体小说为入选重点，从清人所作的约一百五十部笔记中选取二百余位作家创作的约一千九百篇作品，按类分编成十卷。”[②]我真不知道他选的究竟是传奇还是笔记。还有的竟然将《岭南逸史》《儒林外史》这样的长篇通俗小说也归入“笔记小说类”。[③] 此外，还有不少人将“笔记小说”与从语言上分类的“文言小说”混为一谈。如江西人民出版社 1984 年出版的《历代笔记小说选》称：“我国古代短篇小说，可分为两种：一是笔记小说，一是话本小说。前

① 严杰《唐五代笔记小说选译前言》，《唐五代笔记小说选译》，巴蜀书社 1990 年版，第 1—6 页。

② 陆林《〈清代笔记小说类编〉总序》，《清代笔记小说类编》，黄山书社 1994 年版，第 3 页。

③ 《新闻报》1929 年 4 月 2 日载大华书局广告。

者是用文言写的，后者是用白话写的。”诸如此类，可见对于“笔记小说”的理解真是五花八门，难怪程毅中、陶敏等先生站在不同的角度上大呼“笔记小说”的提法“于古于今都缺乏科学依据”，[①]“造成了许多混乱”。[②] 的确，这种混乱的局面再也不能继续下去了。

如今，我们要厘清“笔记小说”这个概念，就应该既要尊重历史演变的实际，又要解开一个结。这个结，就是要在正确认识传统的“大文学观”与目录学的基础上，去顺应近现代中西文学交流下的文学观念的通变，接受新的“小说”观，从而重新审视传统的“笔记”与“小说”。我们不能简单地认为接受新的小说观就是“以西律中”，抛弃传统。事实上，中国传统的包括叙事文学观在内的文学观本身也是在不断地发展变化，对于“文学”不同于学术乃至其他所有“文字著于竹帛”者而自具特性的认识也在不断发展与深化。就“小说”而言，对于这一文体的叙事、写人、虚构等特质的认知也是在一步一步地从混沌走向明晰，所以当西方的小说观传入后就能一拍即合，相互融合，形成了一种新的“小说”文体观。20 世纪以来逐步形成的所谓“小说”，乃至“笔记小说”“传奇小说”“话本小说”“章回小说”等名目，都是在立足本土、借镜西方、反复

---

① 程毅中《略谈笔记小说的含义及范围》，《古籍整理研究学刊》1991 年第 2 期。

② 陶敏、刘再华《“笔记小说”与笔记研究》，《文学遗产》2003 年第 2 期。

讨论的过程中形成的具有中国特色的新概念。这种新的小说文体观的确立与分类的细化，正标志着中华民族文化的进步，也显示了我们民族具有包容与消化世界先进文化的胸怀与能力。实际上，我们对于古代与西方的文化，都应该以一种辩证的、发展的、现实的眼光来看待，站在当代的、中国的、科学的立场上来接受与扬弃。承传中华民族文化的优秀精神，不是要倒退，而是要向前。假如今天不接受百年来形成的新的小说观，再将古今两种小说观搅在一起的话，“笔记”与“小说”的糊涂账将是永远算不清楚的了。

当我们辨明“笔记小说”四字的前世今生，再面对现实的发展态势，我相信将来的发展可能不用学者们过多辩说，事实上会“约定俗成”地形成这样的情况：“笔记小说”四字即表达了“笔记体小说”或“笔记类小说”“笔记式小说”的意思。这已为自梁启超以来的百余年历史所证明，绝大多数小说家及文学史、小说史专家，以及多数“笔记小说”的选本、丛书等出版物，都是将“笔记小说”理解为用笔记体写成的、大致符合现代文体分类中具有“小说”意味的作品。它是“笔记”的，也就是不同于有完整故事的传奇，更不是通俗长篇之作，而是一些随意编录的零简短章；它是含有现代所理解的“小说”意味的，其核心是记事的，或实或虚，或真或幻均可，而不同于传统习用的内容没有边界、相互纠缠不清的“小说”“笔记”“说部”“杂说”等名目了。

至于将"笔记"与"小说"混成一体的、甚至再羼杂"笔记""小说"之外作品的"笔记小说"观，虽然在一些选本与丛书中偶然还看到，但实际数量是并不多的。而且我们还应该注意到，不少选本与丛书的选家，为了避免混淆"笔记"与"小说"，就干脆只用"笔记"之名而摒弃了因古今理解不同而容易引起歧义的"小说"两字，在《笔记小说大观》之后，就出现了为数不少的唯名"笔记"的选本，如姜亮夫编的《笔记选》（北新书局1934年版）、陈幼璞编的《古今名人笔记选》（商务印书馆1938年版）、叶楚伧主编的《历代名家笔记类选》（正中书局1943年版）、吕叔湘编的《笔记文选读》（文光书店1946年版）、刘耀林编的《明清笔记故事选译》（中华书局1962年版）、《历代史料笔记丛刊》（中华书局于1979年起编刊）、周续赓等编的《历代笔记选注》（北京出版社1983年版）、福建师范大学历史系华侨史资料选辑组编的《晚清海外笔记选》（海洋出版社1983年版）、卉子编的《中国古代笔记文选读》（四川少年儿童出版社1986年版）、偬仕编的《魏晋笔记选》（中国文学出版社1999年版）、黄飙编的《历代笔记选析》（海峡文艺出版社2015版）、倪进编的《唐宋笔记选注》（上海教育出版社2016年版）和《元明笔记选注》（上海教育出版社2018年版）等等，其中有的甚至主要或全部收的是"笔记体小说"，也宁可用"笔记"之名而不带"小说"两字了。这与1983年江苏广陵古籍刻印社重刊《笔记小说大观》的序言提到的一种看法完全相同："笔记就是笔记，联带上‘小说’有点不伦不类，不如叫《笔记大观》为好。”①这的确既遵循了传统，又避开了混乱，可谓是明智之举。以后欲将“笔记”与“小说”混为一类的选家，不妨都照此办理，只用“笔记”或“说部”之类中国传统的概念来标名，恐怕不失为一条坚守传统的老路吧！

至于有时要将“笔记”与“小说”放在一起并称的，那就比较简单，只要中间加个顿号就解决了。

这样，用三种方法来表示三类本来纠缠不清的“笔记小说”，就不会相混了。我相信，历史的发展必然会继续沿着百余年来已被多数学者所认同和走过的这条道路继续前进。

行文至此，话归正传。我们打开山西古籍出版社1995年始出版的《民国笔记小说大观》，共有四辑52种，其中除《曾胡治兵语录》一编外，大致都有现代意义上的“小说”味。如今又出《民国笔记小说萃编》凡24种，已无《曾胡治兵语录》一类的笔记了，但其中有三部书也可能会产生一些不同的看法。第一部是刘成禺的《洪宪纪事诗本事簿注》。假如从传统文献分类来看，它的基本性质是一部诗注。但它是用“笔记小说”类的文字来注的，其注98篇文字编撰了丰富而生动的故事，说它是笔记体小说也应该是可以的。第二部是《寒云日记》。“日记”本身

---

① 高斯《重刊〈笔记小说大观〉序》，《笔记小说大观》，江苏广陵古籍刻印社1983年版，第2页。

就是一体。这本日记又夹杂了不少有关诗词的著录、名物的考辨等，然“日记”作为按日所记之笔记，作者又以自己作为中心，用其简约、隽永的文字，逐日记事写情，还是具有一点“小说”因素的。第三部就是缪荃孙之《云自在龛随笔》。从此书的主要成分看，实是一部学术随笔，所记多为金石书画、版本目录之学，但中间亦可见多篇记事写人、饶有文趣之作。所以这三部书，虽然显得各有一点另类的味道，但就其实，用比较宽松的眼光来看，不妨也可列于“笔记小说”之中吧。

至于其他著作，几乎都是记述一些社会生活中的大小事件、人物轶事之类，作者当时往往将它们视为“掌故”“杂史”“稗史”之类的史著，未必认同这也是“小说”。本来，在古代笔记中有小说味的作品主要是两类，一类是记鬼怪，另一类是记人事。记人事的也有虚、实之别，当然是写实的居多。凡所谓稗史、掌故、野史、琐记、轶闻等等，名目繁多，都是以记人叙事为主。在晚清民国时期，倡导科学，因而多视记鬼怪者为迷信，不少作者有意回避。与之相应，此时做笔记者大都自命其作是为了补翼正史。作者又多生于高官世家，或本身就是名流学者，熟稔朝廷内外及学界文场的种种故实，所记多自亲睹亲闻，有的还到图书馆里翻阅书刊查证。笔下虽有一些是梳理了历史上的陈迹，但最可宝贵的是触及了晚清民国时期诸如宫廷斗争、外交风波、官场倾轧、吏治腐败、名臣功过、史事曲折、遗老姿态、名士趣闻等方方面面，且多标榜信实，自诩为良史。固然，这些笔记，从作者的写作意图来看，他们主要是想写“史”，而不是要创作小说。后来的历史研究者们，引用这些民国笔记中的片段时，也往往将它们作为故实来证史。它们“史”的本质毋庸讳言。

强调信实的历史著作，与可以虚构的文学创作，从现代学科分类来看，当然是两个门道。但是，它们最重要的一个内核，即记事，是相同的。古代朝中史官之记事，当然是一件十分严肃的事情，所谓“圣人之记事也，虑之以大，爱之以敬，行之以礼，修之以孝养，纪之以义，终之以仁”(《礼记·文王世子第八》)。但后来到民间记事，就未必如此郑重其事了，所记未必都是国家大事，也有的来自道听途说，再有的加些油盐酱醋，甚至有的还故意幻设了一些故事，于是就出现了所谓“稗史”“野史”“外史”，乃至“谐史”“趣史”之类，虽也称之为“史”，但此史已不同于彼史了。更何况，就是一些纪传体、纪事本末体之类的所谓“正史”之作，所记之事，所写之人，也有的富有文学意味，人们也常将它们当作文学作品来欣赏。一部《史记》，不是在“中国文学史”著作中也有着崇高的地位吗？与此同理，民国间那些用笔记的形式，所记的大大小小的故事、形形色色的人物，不也可以当作文学中的一类“小说”来欣赏吗？

事实正是如此。我们就以颇有代表性的瞿兑之来说吧。他在民国期间大力提倡“掌故学”，其主要精神是为了在“正史”之外用“杂史”来保存与发掘真实而完整的史料。有人称他是继王国维、梁启超之后,可与陈寅恪相颉颃的"史学大师"。[1]他认为,自宋以后,在"正史"中已找不着"政治社会制度之实际情况"了,这是因为"自来成功者之纪载必流于文饰,而失败者之纪载又每至于湮没无传。凡一种势力之失败,其文献必为胜利者所摧毁压抑"。所以治史者"为救济史裁之拘束,以帮助读史者对于史事之了解",必须"对于许多重复参错之琐屑"加以综合审核之后,"存真去伪,由伪得真",所以"杂史之不可废"。更何况到了清末,"文字之禁骤然失效,从前闷着不敢说的一切历史上疑案",人们都敢说敢写了,再加上私家印书方便,报章杂志风行,笔记杂事轶闻之作就纷然而起,以求在"史学上"做出贡献。同时,从文字表达的角度来看,他认为先前的《史记》《汉书》,"叙述一个重要人物每从一二节上描写,使其人之性情好尚,甚至于声音笑貌跃然纸上,即一代兴亡大事,亦往往从一件事故的发生前后经过著意叙述,使当时参加者之心理,与夫事态之变化都能曲折传出,而其所产生之果自然使读者领会于心。"但"后来史家每办不到而渐趋于官样文章之形式。所以然者,秉笔之人多少有一点公务的史职在身,而后代的文网较为苛密,加之私家的传说太多,不是公认的话不敢说,不是官式的史料不敢依据,因此虽然极好的史裁也受

① 周劭《瞿兑之与陈寅恪》,《闲话皇帝》,上海书店 1994 年版,第 113 页。

了限制，不能像《史记》那样活泼泼地了。”[①]所以现在他要从“杂史”中找回“正史”中早就不存在的那种“活泼泼”的文字，这也就使他们的“笔记”“掌故”等杂史之作带有了文学味、小说味。他们写的既是史著，但又可视之为“小说”了。且看其《杶庐所闻录》中有一则记张之洞曰：

> 张文襄虽主新政，而思想陈旧，亦出人意表。其在鄂督任时，公文不用新语，必苦思所以代之者。及入管学部，一日稿中偶有新名词。公批曰："新名词不可用。"部员某年少好事，戏夹签于内曰："新名词亦新名词，亦不可用。"次日更定上之，而忘去此签。公见而惭怒，竟日不语，遍翻古书，欲有以折之，卒不可得，乃霁颜谢焉。[②]

此短短数语，将虽主新政、思想仍旧的张之洞，围绕着“新名词”一词，对于属下批评后的神情变化，表现得惟妙惟肖。另见其《辛丑和约余闻》一则，就李鸿章签订和约事，写张之洞与李鸿章因两人所处的地位、经历不同而各持己见，各有意气，只用了一二语，即神情毕现：

---

① 瞿兑之《〈一士类稿〉序》，《一士类稿》，《民国笔记小说大观》第二辑，山西古籍出版社 1996 年版，第 17—27 页。

② 瞿兑之《杶庐所闻录》，《民国笔记小说大观》第一辑，山西古籍出版社 1995 年版，第 27 页。

辛丑议和之役，李鸿章一手主持，不免有徇外人之意太过者。当时急于求成，亦无人起而抗争。惟与俄国单独订密约一事，众议哗然，中外皆不以为然，卒未画押。张之洞、刘坤一争之尤力。相传刘、张联衔电李争持，实出张之手。李愤甚，电致军机处，谓："不意张督任封疆二十年，仍是书生意见。"张闻之亦惭怒，谓人曰："李相办和议事二三次，便为交涉老手耶？"①

与瞿兑之同道的有徐一士，写的笔记小说也多，他们两人一吹一唱，所持的观点完全一致。徐一士也认为笔记首先当写得"不违乎事实，而有益于知闻"，同时要有文采，"或为工丽之章，或具闲逸之致"。但在"专制之朝，王者为防反侧"，迭兴文狱，"故以当时之人而为私家之著作，处境綦难，有时饰为颂扬，良非得已。至清之既亡，则野史如林，群言庞杂，秽闻秘记，累牍连篇，又过于诞肆，楚则失矣，齐亦未为得也。"至于民初设清史馆，所编《清史稿》之类，"取材循官书文件之旧，评赞多夷犹肤饰之词"，根本无当于"史笔"。因此，他要将"有清一代，专三百年中华之政，结五千年专制之局，为世界交通新陈代谢之窔键"中的"是非得失"，"爬梳搜辑"，通过"随笔之体"

① 瞿兑之《杶庐所闻录》，《民国笔记小说大观》第一辑，山西古籍出版社1995年版，第194页。

来“贡一得之愚”。[①] 他自幼就好读《三国演义》《水浒传》《西游记》《封神演义》《聊斋志异》《儒林外史》《隋唐演义》《儿女英雄传》《三侠五义》等“闲书”，以听故事为乐，这种熏陶，就使他的笔记更有小说味了。其他收入此编的诸作，虽然文风有异，繁简有别，但大都如这样的一些文史兼备之作，读来皆有兴味。所以此编名之为《民国笔记小说粹编》，也可谓是名副其实，不知读者以为然否？

2022 年 1 月 2 日

---

① 徐凌霄、徐一士《〈凌霄一士随笔〉自序》，《凌霄一士随笔》，《民国笔记小说大观》第三辑，山西古籍出版社，1997 年版，第 8、9 页。

编纂凡例

《民国笔记小说粹编》,选编民国时期笔记小说名家名作,呈现民国笔记小说主要面目,以利阅读和研究。

一、命名。笔记小说是对文史掌故笔记著作的传统称谓。《四库全书总目提要》将掌故著作归于杂家及小说家等类,20世纪20年代有集古代掌故笔记著作之大型丛书《笔记小说大观》出版。至90年代,本社出版《民国笔记小说大观》凡四辑52种49册。本次整理选其精要,亦收新品,精编精校,名之曰"民国笔记小说粹编"。

二、收录范围。本丛书主要收录民国时期(1912—1949)撰写或出版过的文史掌故著作。兼收个别清末出版的重要掌故笔记,因这些清末著作实质上是民国笔记的先声,对民国笔记的繁荣发展起过巨大的推动作用;但只限于其作者为入民国后仍从事创作活动并有相当影响者。丛书所收民国笔记均在万字以上,个别有特殊价值的不受字数限制。

三、排版、文字。简体横排。

四、点校、加注。凡有多种版本的,择一善本为底本,他本作参校，需要时出校记；手稿或单一版本的采取自校。整理时原则上保持底本文字原貌，异体字一般统一为规范字（涉及古地名、人名、译名等的字不在此限），凡明显错讹缺衍之字、词，均做改正并加以标示，符号为：原稿残缺或无法辨识的字用“□”标示；错别字后跟改正字外加“（）”标示（以下情形不做标示：人名前后不一致的，径改为正确人名；词形不一致，原文即混用的，直接统一改为现代汉语规范字，如“看作”“看做”统一改为“看作”）；缺脱字直接补充字外加“〔〕”，衍文外加“〈〉”。丛书正文不加注释，需特殊说明之处，做脚注，或于导言中予以说明。

原书未分段、标点者，均分段并以新式标点标点。如有整段引文或整首诗词等，亦分段。

特别说明：书稿中用语、用字、用法具有时代特征，与现行规范不合的，保留原貌，如“的、地、得”的使用；“右述”“如左”等原有格式标指文字，保留原貌；特殊的公文（如法律条文等），原文未标点，保留原貌；音译外国人名、地名等，保留原貌。

五、撰写导言，拟小标题。本丛书每部书前均由编者撰以导言，对作者生平、版本流变及内容特点等予以简介。对未予随事标题之笔记，凡有条件者，均酌情拟小标题（此种情况须在导言中说明），以便索引及阅读。

六、原书中有“胡清”“发逆”“拳匪”“蛮”“夷”等歧视性称谓，以及某些不当观点，为保存原著全貌，保存原著作者观点，均未予删节或更改，特此申明。

由于时隔久远、资料不足，加之其他种种原因，本丛书虽纠正了原著诸多误载，但绝难尽善尽美，敬希读者予以指正。

民国笔记小说粹编编委会

2022 年 2 月

目　录

导　言

缪荃孙（1844—1919），江苏江阴人。清同治元年（1862）中举，先后入吴棠（曾官江苏巡抚、闽浙总督、四川总督）、张之洞等人幕府，并为张之洞撰《书目答问》。光绪二年（1876）中进士，授编修。历任国史馆纂修、总纂、提调等官，又任钟山书院总教习，江南图书馆及京师图书馆监督，1915年任清史馆总纂。为著名目录学家、金石学家、藏书家及图书馆学家。字炎之，一字筱珊，亦作小山、小珊等，晚年号艺风、艺风老人。其室名多达十余个，如云自在龛、云轮阁、艺风堂等，龙公著《江左十年目睹记》中廖香荪即影射缪荃孙。缪氏一生辑著甚丰，著名者如《艺风堂文集》《对雨楼丛书》《烟画东堂小品》《续碑传集》《辽文存》《国朝常州词录》，与人合撰则有《荛圃藏书题识》《京师坊巷志》等，自订有《艺风老人年谱》。

《云自在龛随笔》一书分论史、书画、金石、书籍四卷，五百余则，从一个侧面反映出作者目录学家、金石学家的风貌与深厚的国学素养。《论史》卷考证历代史书之方方面面，从《史记》《宋书》《明史》以讫《清史稿》等之作者、凡例、卷数，甚至版本及其特点；从修史轶闻如《脱脱任修宋辽金三史总裁趣事》《赵高与张良之报秦》，到《开元钱之背文》《太师叹》；又多清史之内容，且其多从野史趣闻入笔，如《清代奏牍邮寄之法》《大帽有顶之始》《盛京宫殿之排列》等，读来盎然有味，不仅对于历史之修纂、研读，甚至对于研究民俗、服饰、目录学，都不无裨益。如满清入关后之剃发，一般人都以为起于朝廷，却鲜知起于汉人之一绅士，《孙之獬首议剃发》载：

清朝入关，初准元制。满洲剃发，明臣仍冠服如旧，分为满、汉两班。有山东绅士孙之獬者，先剃发，易衣冠而出归满班。满班以其汉人也，不受；归汉班，汉人以其满装也，亦不容。之獬羞愤上书，疏略谓："陛下平定中国，万事鼎新，而衣冠束发之制，独存汉旧。此乃陛下从中国，非中国从陛下也。"于是削发令下。而江南百万生灵尽膏锋刃，皆之獬之言激之。孰知当时"留发不留头"之万千义勇，掉头之因缘于此！

缪氏论书画、金石、书籍，正其所长。其介绍历代书画、金石家名作特点，考证诸名作流传经过，记述著名收藏家轶闻、生平，及众多书籍之版本考证，考据精核，间涉趣事，把人带入中华文化深处，即使盲者，亦不无熏染。

如《阎立本书〈兰亭〉之流落经过》："唐阎立本书《兰亭》一轴，有王涯、李德裕印。入南唐内库，太宗以赐杨克逊，克逊宝之。传及五世，归子婿周氏。再传其孙谷，以与其同郡人谢伋，伋避兵之建康郡，赵明诚借阅不归。绍兴元年七月，有携轴货于钱唐市，为吴傅朋得之。盖即《金石录后序》所谓在绍兴为人穴壁窃去之物，此其一也。”

如《郎世宁〈婴戏图〉》：“郎世宁《婴戏图》，绢本，工笔画。三小儿戏于庭，一雀飞而将下。一衣红，右手擎一雀，左手持小旗，眼注于右手之雀。一衣蓝，仰面视飞雀，两手背负，并倒擎小旗。一衣紫，右手引欲下之雀，左手持食罐。世宁西洋人，画本西法，能以中法参之，笔下尚有士气。”

又如《齐周书纸墨及为学特点》：“齐、周书纸墨亦劣，或用元魏时自反为归；文子为学，欠画加点，应三反四。”《宋刊〈世说新语〉》：“宋刊《世说新语》，有汪浮溪序录，绍兴间董令升（棻）刻之严州者最精，所据晏元献手钞本也。陆放翁刻之，袁䌹又刻于嘉靖。有自序及董棻跋。”

他如《〈山谷诗〉各本字句不同》《闽中近时刊书往往改易》《明万历〈官册〉》《唐代写书》，等等，林林总总，对于金石、目录、书画之收藏、研究、学习者，本书诚可列入必读之目。

本书以商务印书馆一九五七年版《云自在龛随笔》为底本进行整理，纠正了个别明显错字，酌情于每则掌故前补加了小题目，虽不一定尽符缪先生本意，庶几方便读者查阅。不妥之处，敬请方家指正。

孙安邦

卷一　论史

一　《史记裴骃集解》考

《裴骃集解》八十卷，唯铁琴铜剑楼有宋本，无从一见，不知若何分合。至小司马欲分萧相国、曹相国、留侯、绛侯、三王、五宗世家各为一篇，作六篇。按：今本固为六篇，但子长于留侯下，继以陈平，方继以绛侯。而贞所举留侯接以绛侯，又不可解。《索隐》三十卷，汲古刻之；《正义》三十卷，《四库》虽有其书，是从三家注中钞出，非本书也。

二　《史记》之创作年代

太史公自言："生长龙门，二十南游江、淮，上会稽，探禹穴，窥九疑，浮沅、湘，北涉汶、泗，讲业齐、鲁之都，乡射邹峄，厄困鄱、薛、彭城，过梁、楚以归。"约计当有数年，归后始仕为郎中。又奉使巴、蜀，南略卬笮、昆明，还报命。徐广以为平西南夷在元鼎六年，其明年为元封元年。是迁之年必在四十左右。元封初,其父谈卒,三岁始为太史令,而紬石室金匮书。又五年,当太初元年,始论次其文。是时年盖五十矣。又七年,遭李陵之祸。徐广以为天汉三年,既受腐刑,乃卒述黄帝至太初,则书成时必六十余矣。后为中书令,乃在武帝之末,或卒于昭帝之初。如田安、任安二人,皆坐戾太子事诛,则巫蛊之祸,戾太子之败,迁固亲见之。又四年,武帝崩。观《景帝本纪》末云:"太子即位,是为孝武皇帝。"《卫将军骠骑传》末段,亦屡称武帝。按:其文均非后人附益,间有称"今上"者,《史记》作非一时,入昭帝未久即卒,不及追改也。

三　太史公南北游踪迹

太史公南游踪迹,《河渠书赞》云:"余南登庐山,观禹疏九江,遂至于会稽、太湟,上姑苏,望五湖,东窥洛汭、大邳、迎河,行淮、泗,济、漯洛渠。"《屈原传赞》云:"余适长沙,观屈原所自沉渊。"即南游九疑,浮沅、湘时事。《樊郦绛灌传赞》云:"吾适丰沛,问其遗老。"即过梁、楚以归时事。《河渠书赞》又云:"西瞻蜀之岷山及离碓。"其为郎中使巴、蜀时事。归途或至陇右,故登崆峒与?惟北游未知何时。《五帝本纪赞》云:"予尝北过涿鹿。"《蒙恬传赞》云:"吾适北边,自直道归,行观蒙恬所为秦筑长城亭障。"自有北游龙门、朔方之实迹。

四 《宋书》辨疑

《宋书·少帝纪》无论，考证、考异、商榷均同，遂以为非沈氏原书。独元修宋本缺第四叶，末叶独存。则“创业之君，自天所启；守文之主，其难矣哉”四句，的是《少帝纪》论，是怜之之词。昔人云：“《南史》与武帝合论，均是取裁《宋书》；后云少帝体易染之质，禀可下之姿，外物莫犯其心，所欲必从其令，险纵非学而能，危亡不期而集。其至颠沛，非不幸也。悲夫。”是诋之之辞。疑莫能明。安得宋刻宋印者出，一决此疑哉。（明冯梦祯本已无此论。）《宋书》缺《刘彦之传》，以《南史》补之，故《张畅传》两见。然书中亦自有重复，如《太祖纪》载永初元年即位《告天策文》，又复见于《礼志》，未免失于检点。

五 孙甫之著《唐史记》

孙甫之著《唐史记》七十五卷，用一事为一篇，而每事加以论断。后人专钞论断，爰名之曰《唐史论断》，非甫之本名也。书凡九十二首，分上、中、下三卷。（马氏《经籍考》作《唐史要论》，《文渊阁书目》作《唐史记论》，三卷九十二则。）各丛书单刻《论断》，至明陈眉公跋甫之手札，亦以为著有《唐史要论》，可见明末人已未见其书。王西庄、鲍以文同谓此影宋钞本，论前载事数百言，即甫之《唐史记》也，当与世共宝之。

六 《晋书》“叙例”考

《晋书》有《叙例》一卷,《目录》一卷。今《目录》犹存,而《叙例》久不传矣。其见于《史通》者,一云,凡天子庙号,俱书于卷末;一云,班汉皇后,除王、吕之外,不为作传,并编叙行事,寄出《外戚传》;一云,坤道卑柔,中宫不可为纪。今编同列传。

七 《南齐书》“序录”辨

《南齐书》有《序录》一篇。刘知几云:“沈宋之《志序》,萧齐之《序录》,虽皆以序为名,其实例也。今沈约《志序》尚存,子显《序录》不复见矣。”(按:《南齐书》今缺一卷,即《序录》也。《南史·子显传》载其《自序》二百余字,其即《序录》中语乎?)《后魏》《北齐》两书皆有例。刘知几云:“魏收作例,全取蔚宗,贪天之功以为己力。”又并《北齐书》例云:“人有本字行,今并书其名。”

八 《宋书》卷数辨

沈约《宋书》今为百卷。按:约《表》云:“《本志》《列传》缮写已毕,合《志》《表》七十卷。”是约书止七十卷耳。

此七十卷中，今脱去《表》，又脱去刘彦之等传。又范书《皇后纪》注，引约作《谢俨传》云："范晔所作十志，一皆托俨搜撰。垂毕，晔败，悉蜡以覆车。宋帝令丹阳令徐湛之就俨寻求，已不复得。"一代以为恨。其志今缺。又《班彪传赞》注，亦引《宋书序》《谢俨传》事，今本皆无之。惟《王景文传》内有谢俨名耳。《梁书·止足传序》云："《宋书·止足传》有羊欣、王微。"今《宋书》有欣、卫传，而无止足之名。大约沈修《宋书》用范书例，一人传毕，即加以论，不待一卷之终。后人不知，妄以其论画为一卷，此七十卷分为百卷故耶。如刘穆之、王弘两传论，专及穆之一人，可作一人一论之证。又引书注出处见自序，又本书志在传后。洪容斋采《南朝史精语》，所见本犹然，与《史通》所言合。今混入传中，不但非唐人所见之旧，并宋亦有二本矣。（以司马绍统之志、隋五代史志，羼入纪传中，皆宋本之弊，容斋偶得佳帙耳。）《通鉴考异》引《续汉志》云："以建武三十二年为建武中元元年。"《纪年通谱》云："据纪志，俱出范氏，而所载不同。"此言大谬。范氏无志，今志取司马绍统之书补入，非范氏也。《纪年通谱》今不传，何涑水亦仍其误耶？

九　撰史书贵在有精神

程鱼门云："凡史以详为主，详而不华，有义法在。后人一味求简，遂少精神。"此言是也。然《宋史》虽繁，亦无精神，仍在秉笔者耳。沈子惇云："叙战事，如《宋书》之《张兴传》《梁书》之《羊侃传》《周书》之《韦孝宽传》，不可不读。”

一〇　姚伯审父子撰《陈书》有“内大恶讳”之义

姚伯审父子撰《陈书》，始于陈，终于隋。献自贞观之时，而皆奉陈三世国讳，以此知隋、唐之际，古意犹存也。余尝反覆兹书，而知通篇皆魏元成所参订。姚氏父子有“内大恶讳”之义焉。江阴之薨不书“陈志”，《丽华》一传不详蛊惑始末。文贞于《丽华传》特为补缀，可以知其体例矣。江总特与伯审相得，思廉附于总传，而不详载其谄奉后主，徒一二语约略及之。赞尤褒美过当，自后主三世以下六十五字，总之过恶在焉。疑亦元成所增。

一一　“褚少孙补作《武帝纪》”辨

《史通》云：“元成之间，会稽褚先生补作《武帝纪》《三王世家》《龟策》《日者》等传，辞多鄙陋，非迁本意也。”然吾观《武帝纪》，编年未终，疑是未完残稿。卫宏云：“迁作《本纪》，极言景帝之短及武帝之过。武帝怒而削去之，然止毁其副在京师者，故《景纪》至后复出。《武纪》指切尤甚，不知出在何时，阙略失次若此。”若云褚少孙作，则如《三王世家》《外戚世家》《滑稽》《日者》《龟策》诸传，明明前列“太史公曰”，而附以“褚先生曰”，盖补子长所未备，未尝以伪乱真也。少孙若作《武纪》，何不历叙元封以还迄于后元，续史公《论赞》如诸传例乎？知几之言，未可尽信。

一二　《十七史》皆出一人之笔

马迁至欧阳修《十七史》，皆出一人之笔。虽美恶不等，各有体裁。自《宋史》以脱脱都总裁，其纂修有三十人。虽欧阳原功主之，而众说参差，遂有纪一事而先后殊，传一人而彼此异者。此人多手杂之故也。辽、金仿是，《元史》因之。宋濂、王袆总裁，而纂修者有十六人，虽成之不日，未免挂漏，以致重修。今之作者，视昔更难矣。阁笔相视，含毫不断，头白可期，汗青何日，岂不古今一辙乎！

一三　《宋史》文字泛滥

世代递降，文字愈繁。《宋史》为卷六百，文百万言，泛滥极矣。李全一传，凡二卷、六万余字，览之不能寻其首尾。虞山《孙高阳行状》二卷，亦不下数万言。

一四　杨素怜才释百药

《隋唐嘉话》：李德林为内史令，与杨素共执朝政。素功臣豪侈，后房千人。德林子百药，夜入其室，则其宠妾所召也。素俱执于庭，将斩之，百药年未二十，仪神俊秀，素意惜之，曰："闻汝善为文，可作诗自叙。称吾意，当免汝死。"解缚，授以纸笔，立就。素览之欣然，以妾与之，并资从数十万。红拂又夜奔李靖，则广田自荒，可以鉴矣。

一五　张氏之狱原于奸情

欧阳张氏之事，世所共知，是非初不必辨。张氏之狱，因晟之官，至宿州，赴郡宴，归而失舟，至京捕得之。开封府勘其妾与梢人通，妻知之而欲出其妾，反为妾所诱，并与梢人通，遂偕逃。

一六　颜之推讥评之“朗悟士”

《颜氏家训·省事篇》云：“近世有两人，朗悟士也。性多营综，略无成名。经不足以待问，史不足以讨论，文章无可传于集录，书迹未堪以留爱玩，卜筮射六得三，医药治十差五，音乐在数十人下，弓矢在千百人中，天文、画绘、棋博、鲜卑语、煎胡桃油、炼锡为银。如此之数，略得梗概，皆不通熟。”盖指祖珽、徐之才两人。

一七　庞统长诸葛亮四岁

孔明卒时五十有四。士元先卒二十有二年，孔明时方三十二。《统传》云：“卒年三十六。”是长于孔明四岁。

一八　奸雄祠庙种种

蔡州祀吴元济，狄道祀董卓，杭州有秦桧祠，邺下有石虎祠，澧州有驩兜庙，尔朱隆改嵩山周公祠，祀尔朱荣，田承嗣祀安禄山、史思明父子，号曰“四圣”。又有盗跖庙。

一九　请禁言官风闻言事非过也

山东艾大司寇（元徵）为总宪时，请禁言官风闻言事，违者降罚，人或咎之。不知唐后以术制群臣，谏官得以风闻言事，盖罗织告之别名耳，禁之非过也。

二〇　明以前史官能举其职

明王家屏修《世宗实录》，高拱兄捷操江巡抚，以官帑遗赵文华，家屏直书之；拱柄国，嘱稍讳，执不可。足见史官能举其职，清朝不能也。

二一　脱脱任修宋辽金三史总裁趣事

元至正三年，议修宋、辽、金三史。以帖睦尔达世、欧阳玄、揭傒斯、张起岩、吕思诚等，于国史院修撰。诸人请示于右丞相脱脱，脱脱摇首曰：“此秀才事，我弗知。”三禀三却，众皆患之。或曰:“丞相好美名,今此史具列某某修,丞相见其名不列,宜其愠也。盍禀之曰:‘自古前代史书,虽以史官秉笔,而总裁则归一人,如《唐书》则刘昫总裁,《五代史》则薛居正总裁。今三史幸蒙丞相奏用儒臣,某等行其文,而所以掌其事使就绪者,实赖丞相之力也。某等谨以书丞相为总裁官,丞相幸始终成之,以为一代之盛典。’岂不可乎?”乃上请,而都总裁之命下。于是脱脱大喜,为之定馆所、调书籍、筹事实,色色俱备,四年告成。即令掾史具进史仪部,鼓吹导从,前后辉光,自史馆至宣文阁,帝具礼服接之,观者以为近代所无盛典。先是诸儒论三国正统,久不决。有以宋为正统而辽、金附之者;有以辽、金为正统而外宋,并以赵构与张邦昌、刘豫同为属国者。至是脱脱独断曰:“三国各与正统,各系其年号。”议者遂息。噫,脱脱此一言便称总裁之任,异于茫无主张、忠言逆耳者矣。是时脱脱为都总裁,张起岩、吕思诚、揭傒斯等均为总裁。另中书右丞相阿鲁图、左丞相别儿怯不花,曰领三史,名列脱脱前。(《庚申外史》)

二二　实斋论“志”

周君晴坡除广东曲江知县,曰我闻之实斋矣。实斋云:“志者,志也。其事其文之外有义焉:史家著作之微旨也,国史所取裁也,史部之要删也。序人物,当详于史传,不可节录大概,如官府之点卯簿。载书籍,当详其目录、卷次、凡例,不可采录华词绮言,如诗文之类选册本。官名地名,必遵一朝制度,不可假借古称。甲子干支,必冠以年号;以日纪事,必志晦朔;词赋膏粉,弗入纪传。文乡里以桑梓,饰兄弟以埙篪,苟乖理而愆义,则触讳于峙喉矣。”(《庚辛之间亡友传跋》)

二三　赵高与张良之报秦

韩之张去疾,篡臣也(见《荀子》)。张良是去疾之孙,为韩报仇,足盖前愆矣。《周礼折衷》云:“赵高是病废,非刑余。张良击始皇不中,大索十日不得,匿赵高所也。高为赵公子,与良均欲报秦者。”

二四　张禄受孟尝君厚恩而入秦

孟尝君柄齐,悦张禄先生之教,奉之黄金百斤、文织百纸,禄辞不受。他日谓孟尝君曰:“夫秦四塞国也,游宦者不得入焉。愿君为尺一之书,寄我于秦王,我往而遇乎,固君之人也;往而不遇乎,虽人求谋,固不遇矣。”孟尝曰:“敬闻命矣。”因为之书,寄之秦王,往而大遇。则张禄之入秦,居范雎之前久矣。雎入秦而踵名张禄,岂禄有名于诸侯?秦特命雎冒其名以诳邻国耶。

二五　卢怀慎荐贤之举

唐卢怀慎身为上相，家无担石之储，遗言荐宋璟诸贤。怀慎自以才不及崇，每事推崇。此与人之技若己有之，见人之彦实能容之何以异乎？李卓吾之论，未可厚非。

二六　秦师及楚师战于丹阳

赧王三年，秦师及楚师战于丹阳，注引李埴《舆地纪胜》。按：《纪胜》王象之撰，李埴作序。此误。

二七　地理隶属称谓之规定

明傅楫传，泉州南安人，后改福建南安人。按《地理志》，南安府属江西，南安县属福建。此书泉州南安，即福建之南安也。《考逸》讥其用府名，徐乾学例称府名当用于本省，如安徽有太平府，而太平县则属于宁国，当云宁国太平人，如别省称省可别矣。

二八　元代二度科目取士之年限

元以科目取士，自延祐至元统，凡七科而罢。至正二年复举行，至二十六年而罢。

二九　明清学问风气败坏述略

明三百年来，文章学问不能远追汉、唐、宋者，其故有三：一坏于洪武十七年定制八股，时文取士，其失也陋；再坏于李梦阳倡复古学，而不原本六艺，其失也俗；三坏于王守仁讲“良知”之学，而至以读书为禁，其失也虚。明季文风大振，清初受姚江学者忌东林，受东林学者诋姚江，两派俱衰。研究实学，而汉学、宋学互相竞争。道光登极，新安当国，以为虚诞，尽选一无所知之人任事，而士风一变。驯至“三传”，不知《公羊》可以割裂，召陵为鲁，啖助可以当灾。徐桐为汉掌院二十年，见读书人则忌之抑之。翰林风气，败坏到底，而清亦因之亡矣。

三〇　曹操军国之饶原于屯田

曹操军国之饶，起于枣祗，成于任畯，皆屯田也。

三一　苏轼生平难易之事

苏子瞻不附荆公易，不随温公难；感欧公之知易，感韩公之爱难；辨王巩之当举易，劾周穜之妄举难。

三二　蹇序辰巧辑司马光之章疏案牍

《宋史·蹇序辰传》，绍圣中为起居郎、中书舍人，同修国史。疏言："朝廷前日正司马光等〔奸恶〕，明其罪罚，以告中外。惟变乱典刑，改废法度，讪讟宗庙，睥睨两宫，观事考言，实状昭（彰）著。然踪迹深秘，包藏祸心，相去八年之间，盖已不可究质。其章疏案牍，散在有司，若不汇辑（缉）而存（藏）之，岁久必致沦失（弃）。愿悉讨奸臣所言所行，选官编类，人为一秩（帙），置之二府，以示天下后世大戒。"遂命序辰及徐铎编类。天启中，敕纂《三朝要典》，正用序辰之法。

三三　唐人讳"渊"

唐人讳"渊"，公孙渊为公孙文懿，举其字也。

三四　张九成论班固写史及霍去病学兵法

或问："班固作《汉文帝纪》，无可书之迹，但尽列其诏书，何也？"先生曰："诏书，王言也。文帝平日务在躬行，所言无非实理。班固载之，深得其意。"或问："霍去病不学古兵法，而与孙、吴暗合；赵括能读父书，而有长平之败，然则兵法不必学乎？"先生曰："法固不可无，然亦不可执，当得法之意可也。"（《横浦心传》）

三五　王莽封司马迁为史通子

新莽封史迁为史通子。

三六　刘瑾爪牙张彩事迹献疑

张彩、焦芳、刘宇、曹元，皆为逆瑾爪牙，而彩又其乡人也。《苑洛见闻录》独称彩遏止逆瑾功德数事。而大学士焦芳导瑾为恶，刘宇首附瑾，彩皆劝退之，如是不下十余条。渔洋以苑洛乡曲之故，而查伊璜《罪惟录》，以彩与杨一清同卷，以彩之用瑾与一清之用张永同一用心，历举彩阻止逆瑾害民害政数事，恐真有实据耶，抑即惑于《苑洛见闻录》耶。

三七　魏帝之谥号

魏孝武帝自洛奔关西，《魏书》谓之出帝。隋《常丑奴志》云："魏明帝迁崤函，因家焉。"是西魏曾谥以明也。第魏已有孝明帝，不应重出。

三八　开元钱之背文

唐武宗会昌五年，以废寺铜钟佛象（像）铸开元钱，各加本郡州号，名为"背文"：

京(京兆)、洛(河南)、兴(凤翔)、梁(汴州)、荆(江陵)、桂(广西)、湖(湖南)、广(广州)、福(福建)、越(浙东)、洪(江西)、润(镇江)、昌(成都)、鄂(湖广)、兖(兖州)、梓(梓州)、襄(襄州)、丹(丹阳)、益(西川)、宣(宣州)、平(平阳)、扬(扬州)、蓝(蓝田)。

三九　汉“司隶茂才”之由来

汉制:郡察孝廉,州举茂才。三辅无州刺史,司隶校尉举之。故言司隶茂才。

四〇　苏轼所言“折支”释

苏东坡初到黄州,诗云:“只惭无补丝毫事,尚费官家压酒囊。”自注云:“检校官例折支,多得退酒袋。”按《文献通考》:“文臣料钱一分见钱,一分折支。”陆锡熊曰:“自注所云‘折支’者,谓以他物代钱也。退酒袋者,官法酒用余之废袋也。盖宋时俸料,每以他物折抵。退酒袋即折抵之物耳。”又《通考》载杨亿言半俸二分之内,其二分以他物给之。鬻于市廛,十裁得二三。今先生云检校例折支,并一分现钱亦不得。

四一　与刘向刘歆父子校书者

刘氏父子校书,而一时相与共事者,谒者陈农、步兵校尉任宏、太史令尹咸、侍医李柱国、长社尉杜参，见《艺文志》；又有五官中郎将房凤、光禄勋王龚，见《儒林传》；又有太常属臣望，见刘秀《上〈山海经〉表》；又有大中大夫卜圭、臣富参、射声校尉立，见《管子书录》；又有臣叙，见《邓析书录》，或云叙即歆之讹。

四二 李东阳文学雄杰一时

李文正东阳文学雄杰一时。弘治中，入内阁，议罢讯安南止烧炼斋醮，救刘逊逮系。及屡上封章，复平台奏事，止李广葬费祠额，禁寺僧入大内。正德朝，论时政，救安奎、张彧、杨一清，论为君难及指失政数事，论边军入卫不便，救逮问匿名书。时海内承平，人思藻丽，公当国，各以文翰淬励，于是王九思、康海、王鏊、罗侨宇、邵宝、顾璘、李梦阳、何景明辈群然起矣。

四三 《闽三忠祠记》千古不磨之笔

明闽中黄克缵作《闽三忠祠记》云："自来奸雄，能夺人之天下，而不能夺匪石难转之心。能威人之身家，而不能灭血可化碧之魄。"三君殉建文之难，数语绝不回顾永乐，千古不磨之笔。

四四　明李思诚颂美逆阉而获罪

弘光朝，工科给事中李清为祖李思诚辨冤。思诚由翰林转福建副使，与吕纯为比，而媚税监高宷。逆奄用事，仍复原官，历升礼部尚书，颂美逆奄。有“纯忠体国，大业匡时”等语，故入逆案。按：《酌中志》云：“河南右布政使仰志完，辇三千金馈崔呈秀，谋升京卿，为逻卒所获。思诚寓呈秀比邻，乃卸罪思诚，因之革职。映碧欲辨三千金之诬则可，欲辨入逆案之冤则不可。‘纯忠体国，大业匡时’是何等语？尚以为不当入逆案耶？”（《梼杌闲评》亦载此事，因心疑亦映碧所撰）。

四五　唐五代大仓官之称谓

唐明皇以御史充太仓出纳使，五代改曰如京使，取《诗》“如坻如京”之义。宋沿之。柳开称柳如京，举其官也，即今之仓监督。

四六　北宋纪年及王安石家世

司马温公、王荆公皆生天禧三年己未。无锡顾震沧（栋高）为两年谱，条举件系，灿然在目。温公有明万历十八世孙露及马峦校定年谱，为补苴大半。荆公则集中自称景祐五年进士。东坡撰公行状，称至和三年。考史，景祐无五年，至和无三年。实则宝元、嘉祐之元。宝元以十一月改元，嘉祐以九月改元。史臣编年追改，而当年臣子于未改之月犹未称年号也。荆公《别鄞女诗》云："行年三十已衰翁。"由己未至戊子，恰年三十。《苏颍滨集》中谓公与冯京皆生于辛酉，误。《宋稗类钞》谓同生于戊子，益误。因据《宋史》及《临川集》为断。荆公子雱，旁为仲子，字仲元，官秘书省正字。震沧以"正"字为"旁"之字误。谱以荆公无孙，不知雱自无子，旁自有子。今宋本《荆公集》曾孙珏本尚存于世。晁公溯《嵩山居士集》云："玉珏字德全，曾祖安石，祖滂，奉议郎秘书省正字，父桐，承议郎，滂即旁之讹。"

四七　戏谈"呜呼"

欧阳公伤五季之乱，《五代史序论》尽以"呜呼"冠其篇首。马令《南唐书》亦如之。明丘文庄公(濬)作史论，亦以"呜呼"起之，遂称"丘呜呼"。近邹叔绩与人谈时事，开口便叹，人亦号之曰"五代史"。

四八　钱忠懿王之名的避讳

钱忠懿王名玄俶，宋人避讳，但曰俶。《五代史》皆作元俶。

四九　汉武纪元特点

吴南屏言汉武纪元，元鼎以上五元皆追改，郭芸仙证之皆合。

五〇　明王文恪讥刺杨文襄之诗

明王文恪有十三绝句，大抵刺武庙之南巡也。其后五首云：

相国移家江水湄，金山望幸已多时。
太平金镜无由进，愿得回銮一顾之。

三顾频烦亦未间，金陵南下是金山。
分明铁瓮城边路，载得贤人与俱还。

赵普元为社稷臣，君家鱼水更何人。
难虚雪夜相逢意，海错犹堪佐酒巡。

北固山前驻翠华，殷勤来访相臣家。
太湖怪石惭多幸，也得相随载后车。

赓歌千载盛明良，宸翰如今更炜煌。
漫衍鱼龙看未了，梨园新部出《西厢》。

盖刺杨文襄也。茅止生曰:“文襄竭生平之珍玩,以得上回銮,免江南之荼毒。而身又未始出,犹不免同官之刺。”然洁身易而济时难。

五一 《太师叹》

杨道行(时乔)有《太师叹》,序云:“苴拾时事,而托之田畯红女之响。”此亦《洗兵马》《留花门》之遗而乐府之变也。

何当快乐无忧,丞相特进太师,负扆以朝诸侯。(一解)

父死不顾私亲,皇帝答书主臣,燕见礼如家人。(二解)

骤贵黄口小儿,四方赠遗不訾,木难珊瑚火齐。(三解)

谏者榜掠桁杨,斯养跋扈侯王,法令束湿探汤。(四解)

太师寿命不延,特赐缯絮金钱,更为象冢祁连。(五解)

县官亟用窭人,数言吾家将军,上书告密纷纷。(六解)

君恩逝水不还,缇骑使者出关,籍没金宝如山。(七解)

琅珰对簿可怜,大者自杀呼天,小者鬼薪二年。(八解)

为德不及后身,向来刻核不仁,天道好还莫嗔。(九解)

又:

闪如龙,哮如虎,伙沉沉,太师府。太师晨如朝,大者三孤九卿,次且白事伛以偻,小者省台噤不语,太师玩弄于掌股。(一解)

九边大吏,仰我鼻息,如臂使指,亡不衔勒。适有天幸,单于请朝,明年永偃兵革。儋耳以南,阴山以北,无不颂天子神灵,太师功德。(二解)

太师请急，皇帝不许。朕亦有父，奄弃万国。朕避何所，惟太师亦自谓汉朝尊坐，盖盖侯西向。父不得子，小人不信子，则拿戮汝。（三解）

朝赐太师，夕宴太师，有妄男子上书，执而笞之，以御魑魅投四夷。太师稽首，言臣粪土几息。帝曰俞，诏有司世世胙于太师。（四解）

太师幸臣冯子都，睥睨公侯如骂奴。身毒之宝波斯胡，犀毗嵌著明月珠。黄金如山谁敢沽，象床八角垂流苏。驼峰熊腼分御厨，蜀锦胸背盘天吴，太师堂中府上趋。（五解）

蒿里不复春，县官生怒嗔。诏削籍籍尔子孙，一钱不得著其身。吁嗟乎，愿揖尔魂诉至尊。臣无状，负陛下，盈廷勿哗，太阿独持，敝帷敝盖臣自知。呜呼！政权旁落时，陛下幸念故太师。（六解）

《干儿谣·序》云："予从缙绅后，则干儿于分宜江陵者，盖司空某妇入省分宜。妪至祖耩，蔽自上食，已衷金豆，散诸傔亡，不啧啧司空妇矣。妪榇过武陵，制使太保某（严家分宜，盖由江陵入长沙，趋袁州）。跣，齐衰舁入哭。而江陵方炙手可热也。"

按：楚御史某语三司老父，顷书至，有窃哂者，噫吁至是哉。谣之志秽耳，贫家亲儿妇谇语，豪家干儿奉滫瀡，螟蛉怜果裸，胜似乌生八九子。干儿司空妇孝姑，厕牏亲浣行亲扶，行亲扶，金满袖，诸傔人，逐金豆，干儿太保哭阿娘。既而舁棺堂中央，堂中央，苫块处，有泪悬河复东注。干儿御史持大斧，手持赫蹄唤阿父。阿父存，御史尊；阿父殁，御史逐。呜呼！干儿父子何太亲，掉臂仍是行路人。

五二　十子之谣

宜兴再相，京师有十子之谣云：“银子贱，要金子；金子贵，换珠子。认皇亲，称任子；宿朝房，携婢子；叫总兵，放达子；嘱试官，中公子；纵群妾，养汉子；用吏部，作牙子。”时得陆美人多外遇，而选郎吴昌时为之招摇鬻爵也。

五三　明赵忠毅倪文贞之风流

明赵忠毅（南星）抗节中朝，身为党魁，但见门庭高峻，不可梯接。而未知其轩牖润辟，通侠纵酒，风流跌宕，一人而已。《打枣竿》者，公所戏作，吴歈以讥里人子之背交附势者。倪文贞（元璐）书画名家，艳服薰香，以程君房、方于鲁墨饰门墙，人颇以是诮之。临大节而不夺，君子人欤。

五四　明末书院之兴废

东林书院禁于万历己卯，复于万历甲辰。首善书院建于天启庚申，毁于辛酉。天下书院毁于天启乙丑。复社起于崇祯辛未会试。

五五　元人微贱无名

张士诚兄弟九四、九五、九六，元人微贱无名，以父母之年合呼之。

五六　王象乾《明史》应有传

汪钝翁有《王象乾传》（附象晋、象坤、象恒），事迹甚详。有去官一疏，指清朝为大金。象晋等传亦详。王横云史稿亦有传，略有不满之辞。而前疏已去，想因避忌之故。今《明史》竟无象乾传。象乾于黔于边，实有功业，何弃之如遗耶？

五七　《明史稿》之撰者

《居易录》："太仓周瓒元恭撰《明史稿》，载先太师、先方伯、先侍御事颇具。"此非官书。

五八　万季野《史稿》之遭遇

渔洋以万季野《史稿》，又加搜先太师、先方伯、先侍御传十余条以为快。而横云实有不满语，官本删去，更出意外。

五九　《清史》属于予所拟者

《清史》属于予所拟者：

《明遗臣传》三人一卷（附见五百人）。

《儒学传》上三十四人一卷（附七十三人）。

下六十三人三卷（附一百零一人）。

《文学传》九十二人五卷（附一百九十一人）。

《孝友传》六十三人二卷（附传四十八人，附见七百余人，单列人名）。

《遗逸传》十七人一卷（附二十一人）。

《土司传》一省一卷（湖广、四川、云南、贵州、广西、甘肃）。

六〇　清文武职养廉之始

文职养廉，始于雍正五年耗羡归公案内；武职养廉，始于乾隆四十七年补足名粮案内。

六一　钦天监仪器作废铜售去

钦天监向有西人，道光初无一留者。去之日，所有仪器，为琉璃厂濮某所得。欲售重价，一御史劾其私通外洋，迨事白而所费不赀，遂作废铜售去。

六二　五字官号经费开支案

咸丰五年，户部所设五字官号，予以月支经费，逐渐加增。并发垫赔各款，不等回堂先得开支等事。经堂官参奏，革员外台斐音、郎中王正职，抄查家产，并办商人饶青田。

六三　清季裁俸殃及明裔朱侯

咸丰季年，肃顺被诛。肃主裁俸饷，结怨旗下，死非其罪，而人无惜之者。恭王当国，俸饷仍未增，有谣云："去了一个六，换了一个六，钱粮二两仍照旧。"舆情亦大可见。明裔朱侯（诚恪）裁饷后，日用不敷，以昌平明陵赁人耕种，被人纠参。遂委之乡人私垦，交府尹查办。府尹周家楣查覆，朱侯交部议处。另片奏，代诉其贪黩由于贫窘，贫窘由于裁俸。又未当别项差使，位列通侯，而啼饥号寒之不免，恳赏还全俸，以仰承圣祖优待前朝裔孙之德意。特旨准行，后周升通政，殁于官。举殡时，有吊客号泣入门者，则朱侯也。

六四　清末李文正入军机之前后

光绪初元，文文忠、宝文靖、沈文定当国，辅佐恭亲王，时有文宝斋、六掌柜、沈师爷之目。李文正后进，弗能与诸人抗而心恭之。值文忠薨逝，李结同乡张南皮、张丰润，藉言论以辅之。值太后重言路,而言路之权,遂以大张。又翰林讲官之言,多于察院。又有“不闻言官言,但闻讲官讲”之谣。文定继薨,王仁和不安于位而以终养去,大权全归文正。曾无几时,南皮外简,丰润构怨于直隶总督张树声。树声之子蔼卿,素能联络宫禁,遂退恭邸,易以醇邸。阎文介、张文达入军机,局面一变。丰润之党,斥逐殆尽。

朱修伯《壬申日记》云:“谒李兰生枢密,颇觉倨傲,不如往昔之乐易。”后与贾湛田谈及,亦有此语。甚矣,人之为境所移而不自知也,何以来天下之善乎?古人云:“衰至便骄,何常之有。”脩伯此言正论也。

六五 清代奏牍邮寄之法

清初奏牍无不由驿。雍正间,有摺差专差奏事,与由驿不悖,并不以专差为是、发驿为非者。道光末,始有常件不应发驿之说。其实并非掌故。

六六 主持光绪建储之议的“商山四皓”

光绪建储之议,豫师、徐桐、崇绮、贵恒主持其事,谓之“商山四皓”。初议内禅,各国不愿,始改建储。

六七　出洋五大臣被炸笑谈

五大臣考察各国政治，同出都。将登火车，吴樾以炸弹伤多人，绍英伤甚重，人为之以布裹头，扶上安车回宅。徐相赁人力车飞奔，花翎堕于地不顾。陶斋指而向人曰："抱头的抱头，鼠窜的鼠窜。"

六八　孙之獬首议剃发

清朝入关，初准元制。满洲剃发，明臣仍冠服如旧，分为满、汉两班。有山东绅士孙之獬者，先剃发，易衣冠而出归满班。满班以其汉人也，不受；归汉班，汉人以其满装也，亦不容。之獬羞愤上书，疏略谓："陛下平定中国，万事鼎新，而衣冠束发之制，独存汉旧。此乃陛下从中国，非中国从陛下也。"于是削发令下。而江南百万生灵尽膏锋刃，皆之獬之言激之。陈名夏亦有"长头发，复衣冠，则天下立刻太平"之语。可见尔时操切，之獬即在前明焚《三朝要典》，曾痛哭于朝者。

六九　杀优人王紫稼案

李森先杀优人王紫稼。紫稼负盛名，吴龚诸老以诗奖之，为李杖毙，罪案在夤缘关说，刺人阴私，为诸豪胥耳目心腹。又倚姿容口舌、奸通巨室妇女。三遮和尚亦同时杖毙。

三遮本天平山佛寺住持，罪案以邪教惑愚民，造窟室窝藏妇女，为李访闻，与王郎同时立枷。王郎演《会真记》红娘，人人叹绝。今与奸僧相对，人言法聪、红娘携手同归也。时学道张能鳞校士吴中，关节贿买，一案出，真才无二三而宦囊充牣矣。太仓诸生李汉条其事上之李公，公早有所闻，以其呈授之张，叩首谢无状。拟以病退，李公不许。拟逐条按之，适李被逮，时淮安司理李子燮、苏州司理杨昌龄为公发其奸，下之狱。两司理百计讦公，督抚亦恶其为人，蜚语入告，缇骑拿问入都。公贫无以供缇骑，吴民号呼敛钱，一日得万金。缇骑乃稍宽公，数万士民执香送至梁溪不绝。上讯，事遽白，复官御史。前有建言者，以论事流尚阳堡。后阴用其言，而未赦其人。公入，首论其事，抗疏廷诤，愿予生还（人谓季天中），上复赫然怒，谓："方湔涤，汝复哓哓，再下之狱。"

七〇　李森先生平

他书言李公，山东平度人，崇祯庚辰进士。烈皇时，以科场事下诏狱，与难者云间杨校起，救之者桐城孙晋也。

七一　张能麟以罚金刻书建书院

张能麟喜道学书，曾刻《儒宗理要》，又造玉峰书院，与陆桴亭（世仪）契合，陆助其成书。张搜诸生小过，以罚金充梓费。书成，所获不赀。其造书院亦以此术。

七二　上海总兵官王熼恶迹昭著

癸巳，张名振入长江，驻上海之总兵官王熼率兵逃至太平桥安国寺，屏息不敢出。名振未攻城，掠浦以东而去。熼入城，谓邑令阎曰："若空库与我，我免若。"一隶姓唐者曰："是上供，安敢动。"立杀之。又杀一人。自开库取金，金俱小民所输赋。各有封识，每封书里甲姓名铢两。令工心计，每启一封识，即纳所封楮置诸怀，约数万金。熼意得，欲异金去。会有解粮从苏州归者，言吴城宁垣故无恙，抚军将兵且至矣。熼错愕，舍金去。掠西关一少艾妇人，恣淫而逃。当是时，讹传三吴俱失，熼掠此金，为降与逃计。启封时，群卒抢攘，不无染指。事平，令封识验数，亏若干金。熼转委罪库胥，论以盗帑金罪至死。李公白其冤，熼既内惭，又众证确凿，无所委罪。遂密报全城反，促抚军屠城。会前督军张公援闽归，力白无其事，乃已。熼又布散流言，言李公得胥吏金，欲脱其罪。

七三　明代及清初苏州等地武科规制

明朝武科旧规，按院辖苏、松、常、镇四府，统于吾苏，试三场毕竟自取中。顺治初，由按院录取，送往江宁，就试省下，如督学之例。此新例也（时合江南北为一）。

七四　土国宝贪赃枉法而自尽

土国宝之再抚吴也，实鲜善政，但多方掊刻，攘利无遗孔，用是上下皆致不满。彼以武夫授副都御史，兼少司马之尊，贪恋名位，虽买宅扬州，积贮重赀，而未能急流勇退，遂为秦按院所劾。谓其纵蠹虐民、婪脏枉法、临阵不前诸罪状，恳震乾纲以正大典。得旨："先革了职，著督抚从重议处。"十二月十四日，督镇兵道等官即往收其敕印，已觉不堪。又闻按院究办，已将扬州住宅封闭，所贮重赀并非己有。又恐督按究拟，在地方大伤体面，遂于是日以弓弦自尽。十五日，各官入视，飞报按台。停两日，方就殓于麒麟巷凌氏园亭。

七五　明清坐粮厅规制

明制京军支粮通州者，候伺甚艰，王国光遣部郎一人司之，名坐粮厅，投牒验发，无过三日，诸军便之。系明万历时制。清朝亦有坐粮厅，则管税项多口。明天下钱谷，散隶诸司。国光请归并，责成畿辅府州县归福建司，南畿归四川司，盐课归山东司，关税归贵州司，淮、徐、临、德诸仓归云南司，御马象房及二十四马房料归广西司，遂为定制。清朝天下漕项均归云南司，盐课仍归山东司，关税仍归贵州司，织造归福建司，后电报轮船归广东司，汉官俸及新疆归陕西司。

七六　陈夔龙恶汉学及西学

宋道君以言官建议，习诗赋者杖一百。又御史李彦章疏："以诗赋为元佑（祐）学术，其意在黄、秦、晁、张四学士。"并劾及前代陶渊明、杜子美、李太白，皆贬之。近时陈夔龙以当国，恶汉学，参及汉之贾、马；又恶西学，参及撰《海国图志》之魏默深、《瀛寰志略》之徐松龛，与宋人相类。时人有联云："夔龙参贾马，能虎是真龟。"能虎沈姓，时官通永道，以沪渎一名伎为之妾。

七七　龚定庵由即用改回内阁之因

中书中进士，归原班，须朝考前呈明。龚定庵由即用改回内阁，荷其叔文恭之力居多矣。吴生盖缘例耳。《文恭年谱》于兄弟子侄聚散离合，记载綦详，惟不载定庵己亥四月廿三日出京，隐然有《春秋》示贬之意。

七八　田契溯源

田一区，即盈尺之纸，以给田主，谓之乌由。田易主，有质剂无乌由，不信也。见危太仆《余姚州核田记》。今之田单，起于元时，记其田之形，计其多寡，以定其赋，谓之流水不越之簿。又画图，谓之鱼鳞相次之图。其各都田亩故有兜簿，分其等以备差科，故有鼠尾册，见元刘辉文。今流水簿、鱼鳞图尚存，兜簿、鼠尾册则无其名矣。

七九　顺治帝从道学艺轶事

善果寺壁上，有顺治御书唐诗《洞房昨夜春风起》一首，自署臆庵道人。顺治从玉林言禅，因以慧橐为名，山臆为字、幼庵为字，刻玉章，书画则用之。

八〇　清朝之簿籍——档子

清朝用薄板五六寸，作满字其上，以代簿籍。每数片辄用牛皮贯之，谓之"档子"。

八一　雍正朝海内四君子

雍正朝，海内四君子：李慎修，章邱人；谢济世，广西人；孙文定，山西人；陈法，贵州人。

八二　文文忠与董甘泉韬晦处事

唐裴度、韦处厚二相待史宪成，一推心以待之，一明心以示之，宽猛相济，史册所称。文文忠于总理衙门，外人有所求，正色严词，往往拒绝。而令董甘泉师择其无关大局者，酌许一二件，实与文忠公商妥，以为转湾地步，非董一人之见。外间无识者，以董为媚外为权奸，击之不遗余力。后沈文定公愿分谤，常云："公事同之，何必令他人专责阁下。"甘泉师极感之。

八三　魏环老不苟同于满人

叶讱庵言魏环老之不可及，云今大老入与满人言事则唯唯，出则尽归咎于满人；环老则不然，与满人言，未尝苟同，必达其意而后止。

八四　康熙朝禁新禧官吏往来

康熙庚戌，禁新禧官吏不准往来。

八五　陶彝等争建储而委署额外章京

康熙六十年，御史陶彝、任坪、范吾发、邹图云、王允普、李允符、高汾、陈嘉猷、范允锜、高怡、赵成穮、孙绍曾等，奉旨著于军前照满洲文官例，委署额外章京。（此十二人与王掞同争建储，袁简斋以为柴谦误。）

八六 武官任子荫文之始

武官任子荫文,自康熙初四辅臣始改此例。

八七 靳辅请停大选而专用旗下能员

安抚靳辅请停大选诸途,而专用旗下能员。幸上意不以为然而止,否则流毒天下矣。

八八 汤潜庵仿李斯狱中上书之法

见汤潜庵回奏疏,以荐耿介、请宽董汉臣二事引咎。此李斯狱中上书法也,少失儒者气象。

八九 殷李尧疏请翰林得截取荫生补题缺

光绪丁亥,给事中殷李尧疏请翰林得截取、荫生补题缺,翰林驳而荫生准,大老以利其子弟故也。

九〇 乾隆东巡时山东抚臣及衍圣公所进珍宝

乾隆东巡,抚臣槎山开道,得宋真宗时玉检进呈。衍圣公进孔融琴、右军《乐毅论》墨迹、唐拓《圣教序》、文仝墨竹及周篮。

九一　雍正延请阎若璩到内府刻《困学纪闻》

清世宗延阎百诗到府，为之刻《困学纪闻》。因病重出府，命以大床为舆，上施青纱帐，二十人举之，移城外十五里，抵淮安馆。殁后，又颁祭文、挽诗，阎氏子孙世守之。《啸亭杂录》以为安郡王玛尔浑，外间亦名之四府，误为雍邸耳。今祭文、挽诗刻入《敦和堂集》，似啸亭之言更无疑义。然读《何义门集》云："丙戌春日，皇子四贝勒命为阎氏校《困学纪闻》，重阅一过，其中征引之书，仍有未能尽悉者，甚滋学荒记疏之惧。"又云："阎百诗先生扶病赴四府之召，加以炎暑，于初九日谢世。东南读书人又弱一个，惜哉。"《顾玉停年谱》云："四皇子多罗贝勒远召阎百诗先生到府，敬礼甚至。先生老矣，不久即病，出府到馆遂逝。"是时何在八皇子府，顾在十二皇子府（八皇子廉邸，十二皇子诚邸），断不能以安郡王为雍邸也。大约世宗登极以后，惩诸兄弟结党召乱，自明龙潜时谨介峻严，不与外人相接。祭文、挽诗，安知非授意安郡王刻入《敦和堂集》中耶？

九二　清代朝臣之引见与验看

大三品京堂至司业京察，于乾隆四十八年三月十八日改引见。翰林院学士以下，请旨归王大臣验看，分别等第去留，带领引见。近从侍读起，亦不办验看矣。

九三　辽金元外族谥号及崇祀

达海造清书，沈荃请崇祀，见《蓉槎蠡说》。朱竹垞《韩公菼墓碑》云："祭酒阿哩瑚请以故大学士达海从祀文庙，公以为造清书一艺耳，不可从祀。"清朝制字者，一达海，一额尔德宜，皆谥文成。全祖望《图书赋》："惟两文成，不亚朱襄。或作或述，接武擅场。"又考辽契丹字，太祖阿保机制，突吕不、耶律鲁不古赞成之（见《辽史》纪、传）。金女直（真）字，完颜希尹撰，本名谷神（章宗明昌元年纪称叶鲁谷神）。依仓颉庙立庙盩厔，祠于上京纳星浑庄。元初用汉楷及畏吾儿国字。至元二十五年始用蒙古字，乃帝师八思巴撰。郡县建庙通祀，见《元史·释老传》。

九四　邵二云戴东原不附和珅

大学士和珅掌院时，访时望为额驸师。或荐邵二云及戴东原。邵辞不就，和以为愧；延戴，戴亦坚辞。邵语戴曰："吾老矣，君宜为后计。"戴曰："吾师行，弟子从之矣。"邵果乞休。和曰："吾非必相强，邵君何必如此悻悻。"可见二公风力之厚。戴即邵之传经弟子也。

九五　广安门一名彰义门
宣武门一名顺治门

外城西门曰广安，自明及清因之，而人皆呼彰义，以金时西城有此门也。周青士、朱竹垞皆言之。至内城西门曰宣武，亦始于明，清仍之，而今皆呼顺治门。按：元时此门本曰顺承，而明崇祯时于芦沟筑小城，其东门曰永昌，其西门曰顺治，不知何以移讹至此。道光朝，遂有上疏以顺治元号不宜名门入奏者，可发一笑。

九六　清代汉人不敢谈国事

莼客言明代荒经学而喜谈国事，为知今而不知古，然其文献可征。昭代穷经学而罕谈国事，为知古而不知今，遂于掌故多缺。余按：清初名人文集，如张京江、徐健庵、朱竹垞尚多纪载。自以纪载为诽谤，从重治罪，抽毁烧毁，触目惊心。汉人不敢谈国事，并不敢论时事，满人又不能著述，文献无征，其来有自。

九七　万历至康熙间之进士履历

万历乙未至康熙二十一年进士履历二十八册，每册有邵位西题跋，洵秘笈也。

九八　明代禁书《方孝孺文集》

明时藏《方孝孺文集》者，罪至死。杨善与章朴同在狱，朴言有《方集》，杨婉请读之，而遽以闻，朴死而善以释。是明时书禁不亚于雍乾（见查东山《罪惟录·杨善传》）。

九九　孔四贞孔振明与李定国角逐

孔定南女四贞，人人所知。其子名廷试，亦死于兵，见《贰臣传》。其姑孔振明，逸出桂林，集定南旧部，亦与李定国角。四贞即往投之，藉以保全，则各书所未见也（见《罪惟录》）。

一〇〇　松江试院之始建

松江试院，建于康熙四十九年。

一〇一　大帽有顶之始

大帽有顶，始于雍正四年。

一〇二　徐健庵报恩

徐健庵之封公子念，因与顾亭林谋杀陆案牵连，徐窜至蔡羽明家，得免。徐氏鼎盛，书问其子，蔡以其甥王原对，王遂得登第。

一〇三　丰宜门外芍药花田

丰宜门外芍药花田，岁于礼部纳租。

一〇四　倪文正痛哭内廷帑金之罄

崇祯甲申二月九日，倪文正方为大司农，握姜如农之手痛哭，曰："子知大内帑金仅四十万两耶，如此何以立国。"

一〇五　李漱芳御史擢给事中

御史李漱芳，参额驸尚书公福隆安家奴蓝大醉打金陵酒楼；该城给事中永明陈憬中仅予薄责，不无有心瞻徇；福隆安身为步军统领，以本府家奴在外滋事，其平日约束不严，亦难辞咎。上嘉其有胆识，立擢给事中。

一〇六　军机处下役之人选

军机处下役，皆选内务府童子司洒扫。旧例，二十岁即更出，后久隶其役，而大臣喜其熟者，非立法本意。

一〇七　康熙间养优班之韵事

康熙间，神京丰稔，笙歌清宴，达旦不息，真所谓车如流水马如龙也。是时养优班者极多，每班约二十余人，曲多自谱，谱成则演之。主人以为不工，或座客指疵，均修改再演。后来无此力量，亦无此韵事。

一〇八　康熙间盛行一品会

达官贵人，盛行一品会，席上无二物，而穷极工丽。王相国胥庭（熙）当会，出一大冰盘，中有腐如圆月，公举手曰："家无长物，只一腐相款，幸勿莞尔。"及动箸，则珍馐毕具，莫能明其何物也，一时称绝。至徐尚书健庵，隔年取江南燕来笋，负土捆载至邸第。直会之日，乃为煨笋以饷客，去其壳则为玉管，中贯以珍馐，客欣然称饱，咸谓一笋一腐，可采入《食经》。此李金澜明经述秋锦先生所称者，盖当时座上客也。金澜嘱同人赋诗，首唱云："一品会中一品官，珍馐争欲斗冰盘。民康物阜升平乐，莫作平常杯酒看。"

一〇九　乾隆怒毁李卫像

乾隆庚子南巡，上幸花神庙，召对大学士嵇公，询以花神何粗俗乃尔。公对曰："此李卫像也。卫总督浙、闽时，塑其像于花神中。二女像其所最宠之二姬。"上又问曰："旁坐者何人？"公对曰："此季麻子，善说稗官，卫善之，故使侍侧。余著蛮靴，衣短衣，皆傔从也。"上曰："卫本贾人，何敢狂悖乃尔。"因命布政使德克精布毁其像，投之湖，而重塑花神祀之。

一一〇　元代翰林国史院印

翰林国史院官书楷字钤记，瞿中溶镜涛曰："此元时印也，存于今者仅矣。"

一一一　台吉厂考

紫幢主人居台溪，即台吉厂。其《薄暮闻钟声诗》注云："九门独崇文设钟。"证以此。其地正崇文门西。

一一二　清初定赋役以明末册籍为准

范文程定天下钱粮，以万历册籍为准，辽饷、练饷、加派，均在其后也。济武《淄川志》云："国朝赋役，皆以故明万历年间为定额。”盖当时烟火繁盛，则海内无旷土。明季兵燹岁侵，疆宇多事，地荒人逃，非其故宇，以万历为额，取广义，不以文程为然。然言之亦有理。

一一三　永陵四陵之位置

永陵四陵在一宝城，其前即启运殿，兴祖宜皇帝宝顶在正中，左昭为景祖翼皇帝，右穆为显祖宣皇帝。肇祖原皇帝葬衣冠于后(兴祖之曾祖)。

一一四　盛京宫殿之排列

盛京大政殿，崇德二年造。左右列署，近北二所为诸王议政之所。以下分列八旗。大内宫阙，崇德二年造，在殿之右。大清门内为崇政殿，殿后为凤凰楼。楼后为清宁宫，东楼为翔凤楼，西楼为飞龙阁，大殿为笃恭殿。

一一五　钱棨以金花归翁方纲

故事：一甲三人谒圣庙，礼毕，拜司成于彝伦堂。三人簪花讫，所设备用金花一枝，以归总理太学携归，岁以为常。庚子，吴人钱棨得三元，时漳浦蔡公谓翁方纲曰：“此三元君所得士，而今又亲与此礼，此花以归君。”于是方纲作《三元宴诗》《三元花歌》，又撰《唐宋以来三元考》。

卷二　书画

一　董宗伯善书

仇紫巘名时古，字叔尚，曲沃进士，为松江太守。与董宗伯善。有富室杀人，法当死，求宗伯居间，太守故不从。曲令重酬，乃释之。自是往来益密。宗伯每一至署，太守辄出素绫或纸属书，无不应者。所得书不下数百副。间有无印章者，因在署时未携故耳。太守没后，为亲友攫取一空矣。

二　清代书画收藏家与鉴定大家

曲沃仇氏，书画之富甲于山右。其所藏千有余种。在松江时所得，皆董宗伯、陈徵君为鉴定，故往往有二公题字，可称好事家。按：钤山堂所藏，文氏父子鉴定；麓村所藏，石谷师弟鉴定；近世薛觐堂中丞所藏，则秦谊亭、华篴秋等鉴定，均少赝品。

三　仇紫巘藏《寒林大轴》及《潇湘八景》

仇氏藏画最著名者，李成《寒林大轴》、马远《潇湘八景》手卷，俱贾平章物也。李画有贾平章题云："营邱李夫子，天下山水师。放笔写寒林，千金难易之。"其边阑有董宗伯题云："李营邱树，米元章时止见二本，此图为贾秋壑所藏。西蜀陈文宪公得之，求予作四代诰命，以为润笔，丙午四月事也。丁卯十月重识。"马画董宗伯题云："马远《潇湘图》四段，作八景，烟云飘渺之致，具见笔端，令人不动步而作楚游，真南宋名手也。"上有"机暇清赏""缉熙殿宝"及"秋壑"印章，题咏者朱德润、李构、张逊、鲁沙、郑元祐、李祁、张舜咨、倪中、严榉、吕宋圣、吕莺也。

四　清初京师大收藏家孙退谷

京师收藏之富，清初无逾孙退谷者。盖大内之物，经乱皆散逸民间。退谷家京师，又善赏鉴，故奇迹秘玩咸归焉。有客诣之，必示数种，留坐竟日，肴蔬不过五簋，酒不过三四巡，所有皆前代器皿，颇有古人真率之风。

五　孙退谷园居之乐

退谷园居，在前门琉璃厂之南。有研山堂、万卷楼于西山水源头。有岁寒堂,入冬则居之,其中杨补之画竹、赵子固水仙、王元章墨梅、吴仲圭松泉图,以八十之老,婆娑其间,名曰“岁寒五友”。有《庚子销夏记》八卷,其《小引》云:“庚子四月之朔,天气渐炎,晨起,坐东篱书屋,注《易》数行。闭目少坐,令此中湛然无一物。再随意读陶、韦、李、杜、韩、欧、王、曾诸家文,及重订所著《梦余录》《人物志》诸书。倦则取柴窑小枕,偃卧南窗下,自烹所蓄茗,连啜数小盂。或入书阁,整顿架上书;或坐藤下,抚摹双石;或登小台,望郊坛烟树;徜徉少许,复入书舍,取法书名画一二种,反复详玩,尽其致,然后仍置原处,闭扉屏息而坐。家居已久,人鲜过者,然亦不欲晤人。老人畏热,或免蒸灼之苦矣。退谷逸叟记。”其风趣亦可想见。

六　清初收藏家高士奇安麓村

清初退谷之外,真定梁尚书,盖平、商丘卞、宋两中丞最工鉴赏。次则高詹事士奇,著有《江村销夏录》六卷,而安麓村所得过于江村,第《墨缘汇观》四卷,转辗传钞。至粤雅堂刻之续编,而不知松泉为何如人,误以为汪文端公。不知麓村得吴仲圭《松泉图》,因以自号(此图归王文敏,汉辅尚世守之)。今陶斋刻于汉上,始正其误。安氏所事纳兰太傅,声势赫奕,熏燎天下。安依倚以鬻鹾,往来淮南、津门两地,为南北之府奥。贾贩以书画求售,往往凑集于此。安氏素负精鉴,又力能致之,一时所藏遂为海内之冠。择其精美,汇为此录。所载书画剧迹，侔色揣称。凡名人题跋，及收藏诸印，裱背骑缝，上下左右，塘心钤记，纤悉毕举，使后人得据此以考真伪，若执符契，使无可遁，第法书不载全文耳。

七　收藏家南有居士《寓意录》

吾家文子，号曰南有居士，成《寓意录》四卷。南有收藏之富，鉴赏之精，不亚退谷。惟是录成于雍正癸丑，南有卒于乾隆辛巳，此二十九年中所得不知凡几，盖非晚年定本也。所见苏文忠《昆阳城赋》在陶斋许，文竹苏题在节庵许，均极佳。

八　陆时化之《吴越所见书画录》及《书画说铃》

陆时化字润之，自号听松山人，太仓州人。成《吴越所见书画录》六卷，体仿《江村销夏录》，乾隆丙申编定，丁酉刻成，署怀烟阁，附《书画说铃》，作伪诪张，穷形尽相，读书画者不可不知。

九　吴荣光《辛丑销夏录》

吴荷屋中丞名荣光，《辛丑销夏录》仿《庚子销夏记》，收藏之真，考订之雅，较胜梁退庵多矣。中丞为仪征阮文达高足弟子,故赏鉴之事,具有渊源。其间考证经史故事,及前贤旧闻,雅与文达所撰《石渠随笔》相近。中丞抚湘时,识瞿木夫于杂职,专修《湖南金石志》。又建湘水校经堂,拔置通史识时务之士,至今古学号为中兴,得人亦称极盛。

一〇　陶凫香《红豆树馆书画记》

道光中,陶凫香宗伯梁《红豆树馆书画记》八卷。光绪壬午,潘伟如中丞从公子曼生得其稿本,始刻于吴门。并云:“卷轴什袭珍藏,至今犹在。曼生官顺天南路同知,荃孙寓大川淀涵秋阁,即公之故宅,与曼生常晤,而未观其藏。迩时专攻考据之学,不知书画之有益也。”

一一　《梦园书画录》简介

咸、同之间,东南大乱,法书名画,散落泥沙。即捆载入市,亦不逢孙阳一顾。而长沙黄钧荷汀之书画,湘潭袁芳瑛之书籍,长舸巨艑,载入湘中,宝物因之免劫,其为功德无量。其搜罗至广,勘成一书者,莫若方丈子箴濬颐,自官两广运司,筠清馆、风满楼、南雪斋中旧有,均聚于梦园。得米襄阳草书册,名曰“宝米”。时人颇有真赝杂出,为丈垢(诟)病。然所见如尉迟乙僧《天王像》,杨升《仙山楼阁图》,宋黄山谷王史二公墓志铭,赵子固水仙卷,黄子久大中堂合幅,沈石田九段锦,均为世间瑰宝。余虽小有出入,无妨大致。《梦园书画录》四十卷，仿《江村销夏录》而无考订。昔丈官蜀中臬使，家君在其幕，荃孙以后辈礼见，时与觞咏雅集，法书名画，亦得寓目。在陶斋许，重见流出书画，不胜山阳之感。去丈之殁，亦廿余年矣。同时利津李竹朋佐贤著《书画鉴影》八卷，亦曾见录中之品，似微不逮。

一二　陆刚主之书画收藏著作

陆刚主观察藏书之富，甲于海内。亦及书画，由章紫伯明经为导师，材力富有，兼收并蓄，不免真赝杂出。仿《江村销夏录》体，成书四十卷，续十六卷，取《行穰》《雪梨》两帖名之，曰"穰梨馆"。而卷已贡之要人，并未入录。身后，书籍归之东瀛，书画亦散如云烟。

一三　顾子山《过云楼书画记》

元和顾子山年丈搜弆书画，与李蘧园、沈鲽庐、吴退楼、吴愙斋同时，赏鉴实出诸家之上。贤子文孙，相为赓续，至今为苏垣甲观。吴分望气，上彻斗牛，江介扬灵，中亘虹月，先生亦自定之矣。《过云楼书画记》十卷，谨严过于诸书，例言尤高，今择录之。

一、米元章《论画》云："绢八百年而神去。"顾世传唐宋名迹，缣素居多，其确可证。百难一二遇，故敝箧所收，但录纸本。

一、自来著录家相传名迹而实系伪托者，如苏文忠《乞居常州奏状》、米元章《崇国公墓志》之类，既谛赝本，概不入录。

一、有合装卷而真伪各半，若唐写《三弥底部论》前之《龙眠十六应真图》，元人集册首之《松雪翁回仙观赞》，不有去取，宁云鉴别。兹录悉为剖抉，勿令白沙在泥，与之俱黑。

一、凡遇宣和旧装，必详著行款式样，援《齐东野语》存绍兴御府书画式，《辍耕录》记书画裱轴例也。此外虽镂牙紫罗，精好绝伦，亦限于篇幅，略之。

一、题跋诸家名氏爵里，不惮考订者，都元敬《铁网珊瑚》、王元美《弇州四部稿》是已。吾乡硕贤，表章遗献，数百年后，犹见盛心。偶有闻知，亦援斯例。惟昌黎茫视，师丹耄忘，罅漏甚多，内省孔疚，海内方闻，幸匡不逮。

一、敝箧中黄大痴手书《画理》册，祝枝山正德《兴宁县志》手稿册，铭心绝品，亦断种秘本也。故《四库全书提要》俱未收入。兹录悉仿《揅经室集》，"四库"未收书目例，详为考核，冀后世志经籍者采择焉。

一、易安墨竹，淑真画菊，并见记载。属在闺幨，易于名世。故下至马守真、薛素素，亦分片席。然安知无饰粉黛于壮士、蒙衣袂于妇人者，过而存之，宁不为翠袖红裙匿笑地下。

一、书画乃昔贤精神所寄，凡十有四忌，庋藏家亟应知之：霾天一，秽地二，镫下三，酒边四，映搴五，强借六，拙工印七，凡手题八，徇名遗实九，重画轻书十，改装因失旧观十一，耽异误珍赝品十二，习惯钻营之市侩十三，妄摘瑕病之恶宾十四。旧揭诸过云楼楣，今缀例末，为宇内同志箴。

一四　赵明诚夫妇喜得白居易书《楞严经》

唐白居易书《楞严经》一百幅，三百九十七行，唐笺楷书，系第九卷后半卷。赵明诚跋云："淄川邢氏之村，邱地平弥，水林晶淯，墙麓硗确布错，疑有隐君子居焉。问之，兹一村皆邢姓，而邢君有嘉，故潭长好礼，遂造其庐。院中繁英正发，主人出接，不厌余为兹州守，而重余有素心之馨也。夏首后相经过，遂出乐天所书《楞严经》相示，因上马疾驱，归与细君共赏。时已二鼓下矣，酒渴甚，烹小龙团，相对展玩，狂喜不支。两见烛跋，犹不欲寐，便下笔为之记。赵明诚。"前后有绍兴玺，末幅止角上半印，存"御府"二字。后有"宝庆改元，花朝后三日，重装于宝易楼。逊志题。"此册想见赵德夫夫妇相赏之乐。《自序》云："靖康丙午，侯守淄川。"当跋于是时，固俞理初所未见者。

一五　阎立本书《兰亭》之流落经过

唐阎立本书《兰亭》一轴，有王涯、李德裕印。入南唐内库,太宗以赐杨克逊,克逊宝之。传及五世,归子婿周氏。再传其孙谷,以与其同郡人谢伋,伋避兵之建康郡,赵明诚借阅不归。绍兴元年七月,有携轴货于钱唐市,为吴傅朋得之。盖即《金石录后序》所谓在绍兴为人穴壁窃去之物,此其一也。

一六　一轴三世三马并臻其妙

明锡山安桂坡国、得仲穆、彦澂,至正十年九月各画一马于龙华宝阁,黄鹤山樵题其后。桂坡又别购文敏一马,装诸卷首,则延祐五年画也。祖孙父子,三世三马,具于一轴之间,而并臻其妙。

一七　写兰写竹之法

元僧觉隐云:"吾尝以喜气写兰,以怒气写竹。文衡山以风意写兰,以雨意写竹。"文衡山喜兰,世有"文兰"之目。

一八　徐渭字号集录

徐文长初字文清,见自撰墓志。其别号天池生,见《山阴志》。青藤山人见《别号录》。寿漱生、天池山人、鹏飞处士、青藤道士、海笠佛寿、漱老人、山阴布衣见《式古堂画考》。田水月见《袁中郎集》。袖里青蛇大吕箸漱仙见《江村销夏录》。大环笄孤、虎裘翁、鹅鼻道士见刘云龙《图绘宝鉴续订》。白鹇山人、黄鹅道士则见墨迹。

一九　金琮善书

金琮字元玉，金陵人，尝游浙之赤松，因自号赤松山农。善书，初学赵子昂，晚年学张伯雨，精工可爱，文待诏极喜之，得片纸皆装潢成卷，曰“积玉”。

二〇　文徵明戏语

朱朗字子朗，文徵明入室弟子。徵明应酬之作，间出子郎手。金陵一人客苏州，遣童子送礼于朗，求作画，假徵仲款。童子误送徵仲室中，致主人求画之意。徵仲笑而受之，曰：“我画真衡山，聊当假子朗，可乎?”一时传以为笑。

二一　王敬美跋宋徽宗《雪江归棹图》

“宋徽宗《雪江归棹图》，蔡京恭纪，明归朱太保承孝，绝重此卷。以古锦为褾，羊脂玉签两鱼胆青为轴，宋刻丝龙衮为引首，延吴人汤翰装池。太保亡后，诸古物多散失。余官京师，遂鬻装购得之。未几，江陵张相尽收朱氏物，索此卷甚急。客有为余危者，余以尤物贾罪，殊自愧米颠之癖。顾业已有之，持赠贵人，士节所系，有死不能，遂持归。不数载，江陵败，法书名画，悉没官库。而此卷幸能保全余所。”此王敬美世懋跋也。噫，敬美误也，独不惩《清明上河图》之覆辙耶。

二二　嘉靖裱褙师汤曰忠与周文矩《文会图》

延陵郡汤曰忠，即世所称汤裱褙也。昔在京师，见影钞《元遗山集》四十卷，后有汤卿跋语，即此人。周文矩《文会图》，宋徽宗题，蔡元长依韵和，董思白题云：“此画陆太保以千金购之，后为胡宫保宗宪开府江南，属项少参笃寿购此图，以贻分宜。分宜归内府，朱太尉希孝复以俟伯俸准得之。太尉殁，项于肆中重价购归。”此图在严时，汤裱褙装成轴杆，内题云：“嘉靖庚寅六月望日，延陵郡汤曰忠重装。”

二三　唐太宗之鉴赏印

唐太宗鉴赏印，曰“贞观御题”，曰“贞观小玺”。

二四　李后主之书画印

李后主曰“建业文房之印”，曰“内殿图书之印”，押用“内合同集院”墨印。

二五　宋仁宗之收藏印

宋仁宗曰“群玉中秘”，曰“秘阁之印”。

二六　宋徽宗之书画印

徽宗曰“宣和”联珠小玺，曰“御书”葫芦印、“徽书”瓢印，曰“睿思东阁”大印，曰“双龙”方圆两印（法书用圆，名画用方），曰“宣和御鉴”。

二七　宋高宗之书画收藏印

高宗曰“绍兴”连珠玺，曰“乾坤”二卦印，曰“御府图书”，曰“内府图书”，曰“内殿书记”，曰“机暇清赏”，曰“希世藏”，曰“希世”二字印。

二八　金章宗七印

金章宗七印：一曰“内府”葫芦印，二曰“群玉秘珍”，三曰“明昌宝玩”，四曰“明昌御览”，五曰“御府宝绘”，六曰“明昌中秘”，七曰“明昌御府”。

二九　元仁宗之"天历"印

元仁宗曰"天历"。

三〇　鲁国长公主之"皇姊图书"印

鲁国长公主曰"皇姊图书"。

三一　乾隆诏修之《石渠宝笈》及修纂人

诏开国史馆，修《石渠宝笈》，在乾隆癸亥，成于甲子。编辑者为华亭张照、仁和梁诗正、大城励宗万、桐城张若霭、番禺庄有恭、新建裘曰修、海宁陈邦彦、满洲观保、富阳董邦达，成书四十四卷。续编始于乾隆辛亥，成于癸丑。编纂者韩城王杰，富阳董诰，南昌彭元瑞，平湖金士松，满洲玉保、瑚图礼，南汇吴省兰，仪征阮元，满洲那彦成，成书□□卷。三编始于嘉庆乙亥，编辑者满洲英和、当涂黄钺、归安姚文田、固始吴其彦、长兴张麟、无锡顾皋、仁和胡敬、海盐朱方增、嘉兴沈维轿、吴县吴信中、桐城龙汝言，成书□□卷。初编收入《四库》，尚有文澜阁钞本流传。二编、三编大略见于阮文达公《石渠随笔》、胡书农学士《西清札记》。

三二　澄心堂纸

澄心堂纸，光润滑腻，故刘原父云：断水折圭作宫纸。李伯时作画，好用澄心堂纸。尝见旧时真迹，亦莫能辨（建业澄心堂即今内桥前明兵马司遗址）。

三三　《宣和画谱》及《宣和书谱》

《宣和画谱》二十卷，共二百三十一人，六千三百九十轴。《宣和书谱》二十卷，共一百七十七人，一千二百五十本。当时购求之费，奚啻百万，比于花石纲矣。

三四　宣和双蟹画及江南李主图

《珊瑚网》云：宣和双蟹画，绢素上浅色，水草小横卷首，押字用"御书"瓢印，钤缝"政和"御玺，前有"晋国奎章"朱文大方印，后有"晋府图书"朱文大印。为吾禾项副宪少溪所藏，后归其侄公定。丙寅秋，曾留余处，时与公定把盏持螯。余因谈徽宗即南唐李煜，神祖幸秘书省，阅江南李主图，见其人物俨雅，再三叹讶，继而端邸生，所以文采风流，过李主十倍。及北狩金国，用江南后主见艺祖时典故。坐中沈姬怃然曰："两主有如此才而不能横行海内，反不若无肠公子矣。"遂引满大嚼。

三五　宣和五岳观艺能考试趣谈

宣和四年，上建五岳观，大集天下名手，应诏者数百人。如进士科下题取士，复立博士。考其艺能，宋迪犹子子房当博士之选，所试之题如《野水无人渡》《孤舟尽日横》，多系空舟于岸侧，或养鹭于舷间，或栖鸦于蓬背。独一卷画一舟人，卧于舟尾，横一笛，其意以为非无舟人，无行人耳，果得第一。又如《乱山藏古寺》，多画塔尖，或鸱吻，并有殿堂者，魁选者则画荒山满幅，上山幡竿，以见藏意。又如《竹锁桥边卖酒家》，人皆从色相形容，无不向酒家上著工夫，唯一善画者，但于桥头竹外挂一酒帘，书"酒"字而已，便见酒家在竹内也。又试《踏花归去马蹄香》，何以见得亲切，有一名画，但扫数蝴蝶逐马后而已，便表得马蹄香出也。果皆中选。

三六　唐宋以来刻丝之盛

宋刻丝《香橼秋马图》。刻丝作盛于唐贞观、开元间。当时崇尚文雅，书画皆以之为标帙，今所谓包首锦者是也。宋仍之。靖康之难，多沦于民间。好事者见光彩绚烂，缋缛精致，虽绘事所不逮，遂辑成卷册，以供清玩。元人尤宝之，有裁为衣衾者。圣祖见其制作淫巧，始禁之。而人间乃为罕物矣。此幅方尺余，其体表皆纤细，犹引单蚕丝具五彩，游缀委曲，出乎天巧，其针工之良哉，定为宋制无疑已。练川刘廷器获而装潢成卷，奚但供览，正以思古人不可得而见。见其制作，犹之见古人也。其好古类此可嘉，用书而归之。弘治柔兆执徐如月朏吴门张习之。

三七　南宋朱克柔刻丝《山茶图》

南宋朱克柔刻丝《山茶图》。朱克柔，云间人。宋思陵时以女工行世，人物树石花鸟，精巧疑鬼工，品价高一时。流传至今，尤成罕购。此尺帧古澹清雅，有胜国诸名家风韵。洗去脂粉，至其运丝如运笔是绝技，非今人所得梦见也，宜宝之。雁门文从简书。

三八　昔人毁坏名画丛谈

常熟杨副宪五川藏书甚富，后尽弃于不肖子。至以绣囊宋墨供木工，以祖父敕命纻面与家人妇作鞋。成、弘间，江阴葛维善为园亭于定山之上，一时名流咏胜，汇成巨卷。后流落于石桥赵氏，其从嫁女奴携为糊鞋衬具，有知而亟索之，已毁矣。昔梁溪嵇氏有北宋名画册，主人去世后，其妾竟剪画作鞋样。一妇偶拾弃余付女，为夫所见，知是家珍，即命妇以糊纸进易，仅得其半，获价不赀。李竹朋太守暮年纳一妾，一日以绣针签一马于炕帷，李惊视之，旧画也。推勘再四，始知于唐画铰出，孽障哉。

三九　名姬董小宛金晓珠等善绘事

冒辟疆姬人董小宛者，名白，一字青莲。以文慧事辟疆，尝佐辟疆选《唐诗全集》。又另录事涉闺阁者，续成一书，名曰《奁艳》。又有手书唐人绝句一卷，落笔生姿，杜于皇极赞赏之。华亭周寿玉积善有《悼小宛赋》一篇，极能拟子建者。又辟疆姬人继小宛后者，有蔡女罗含，尝学绘事，工苍松、墨凤、山水、禽鱼、花草，与金姬晓珠称两画史。吴园次谢女罗墨凤启云："借丹穴之灵毛，图成比翼；用红窗之偶影，绘作双栖。"钱武子德震、张孺子圯授皆有《墨凤歌》。戴洵有《得全堂观画松歌》句云："凭君卷藏画筒里，晴空恐有蛟龙起。舒张鳞爪挟以飞，吸尽蓬莱清浅水。"李书云亦有诗云："咏絮才高兄子句，簪花格擅美人工。小窗间作丹青谱，身在花香百和中。"金晓珠名玥，昆山人，与蔡女罗继小宛侍辟疆。蔡早逝，炉香茗碗，辟疆赖之。尝刲股进药，使七十八老人再生。汪舟次楫跋巢民楷书《洛神赋》、晓珠手临《洛神图》卷后云："玉峰仙子，画嗣虎头。金粟后身，书工虿尾。置两君于异地，并可空群；聚二美于一堂，斯称合璧。园名水绘，宜来河洛之神；翁是巢民，应集凤皇之侣。呼宓妃而欲出，谁夸北殿维摩；惊褚令之犹存，不数南宫博士。"吴园次《乞晓珠画洛神启》云："金缕遗魂，梦感陈王之枕。采旄含态，香生王令之书。人但赏其清词，世罕传其妙迹。何期藻管，近出兰闺。花欲言情，波如动影。依稀莲袜，凌千顷而姗姗；仿佛桂旗，望三秋而渺渺。想见临池染翰，原借照于当身；定知拂镜穿衫，必含情于微步。”又题金晓珠画《盗盒图》〔临江仙〕一阕云：“雪夜烧灯浮绿酒，西园宾客重来。扫眉人有不凡才。笔床翡翠，妆罢写幽怀。儿女英雄谁复问，人间多少尘埃。解围忙煞小金钗。神仙来去，一叶坠庭阶。”王阮亭尚书亦有《题晓珠杂画》三绝句。又汪蛟门有《题巢民玉山夫人临薛少保稷十一鹤图》诗云：“少保青田姿，能为鹤写真。意思本冰雪，自然无纤尘。岂知千载后，乃有如花人。重貌十一鹤，磊落意态新。高步肆饮啄，一一传其神。我闻水绘翁，近与猿鹤邻。闺中两小妻，庄如举案宾。持此前上寿，劝酒宁辞频。饥茹黄公芝，渴饮长沮津。低头看雁鹜，纷纷焉能驯。”玉山疑即金姬。盖金姬名玥，玉山或其别号耳。又董小宛侍儿扣扣，姓吴氏，名湄兰，字湘逸，真州人，十三四即能诵《文选》。辟疆尝授以杜诗《北征》，仅三遍，即覆卷成诵。又偶取架上史书一帙，乃《晋史·石苞传》，令读之，扣扣不错句读，并能疏解意义。此殆有宿慧者，惜早卒，其年检讨为之传。

四〇　武进汤雨生将军艺风超卓

近来四王、吴、恽之外，以汤、戴二公最重。武进汤雨生将军，诗词美富，善画工书，精音律。传奇不啻汤、徐，篆刻直逼秦、汉。轻薄儿诋为“翻板陈眉公”。休官后，侨寓白门者三十年，有印文曰“六桥驴背故将军”，又曰“六朝花月骚人长”，人望之如神仙中人。

四一　戴熙博学精绘事

钱塘戴文节公熙，博学工诗，尤精绘事，㒒直南斋最久。道光己酉，两广总督徐广缙、巡抚叶名琛以广东绅民不许英人入城入奏，赏广缙子爵、名琛男爵，并各赏戴双眼花翎。公时奏对云："臣曾督学广东，士习民风，颇知一二。该督府所奏陈，恐多铺张粉饰。"以此触忤。旋因诏写扇内有一二帖体字，传旨申饬。逾日，复诏南书房翰林写扁额，内监传谕云："要写字不错之张锡庚，不要写错字之戴熙。"公遂乞骸骨，奉旨责公讳疾欺饰，降三品京堂，准其致仕。庚申以死事，赠尚书衔，予谥文节。二公六法，不愧名家，亦以人重矣。

四二　陶斋之《壬寅消夏录》

陶斋制府好古不倦，搜罗书画名迹，不啻千种。丙午持节两江，嘱仆代为编纂，因尽得寓目。并谓仆曰："余性好藏石，兼好书画自壬寅始。是书成，名之曰《壬寅消夏录》，以赓庚子、辛丑两记之后。"仆用辛丑记例，逐一录写。时舍间对雨楼落成，楼上储书，楼下轩敞，前种梧桐、芭蕉，纱窗作绿色。北窗洞启，清风徐来，写官三四，连茵接席，甘瓜新茗，解渴涤烦，书画半床，展读考订，销夏之乐，尽于是矣。爰举目治所最契者，录其大略。

四三　唐尉迟乙僧刷色天王像之流传

唐尉迟乙僧刷色天王像，绢本，历经宋、元内府收藏。改立轴为袖卷装。自北宋仁宗朝旧装，至今如故，海内推为神品。丁丑在蜀，于方梦园座中见之，迄今三十年，画亦三易主矣。有宋画库内侍卢道隆、邵从偓、任守忠、杨怀忠题，明项元汴、张青父跋。

按：唐尉迟乙僧天王像，曾入宋内府，尚是宋装。《装余偶记》第一种记云："宣和款式，青绫一尺八寸，玉池黄绫，五寸五分。谭纸长三尺五寸五分，后玉池黄绫四寸五分。后记宋仁宗、徽宗、高宗三朝玉玺，并内侍省内侍四人卢道隆、邵从偓、任守忠、杨怀忠，改立轴为袖卷，在明道元年，是仁宗朝，非始自宣和。又有绍兴玺，是未经汴京之乱者。任守忠见《宋史·宦官传》，守忠字稷臣，为入都知。英宗即位，交构两宫，为宰相韩琦坐政事堂，立贬保信军节度副使、蕲州安置，即日押行，即其人也。后入悦生堂，又入元内府。明有项子京、张青父两跋。"周密《云烟过眼录》："除日，人以十四轴来，观尉迟乙僧天王小像，郭祐之物。"又云："尉迟乙僧坐神，色采飞动，即是此卷。"

四四　贤首国师与新罗义想法师手帖

贤首国师与新罗义想法师手帖，纸本，二十行，行书。元陈廷言、陈世昌、钱宰、危素四跋。此帖南韵斋、岳雪楼两刻之。真迹深入大王之室，摹本不足道矣。

四五　周文矩《兜率宫内慈氏像》

南唐周文矩兜率宫内慈氏像，立轴纸本，一大士趺坐磐石上，手持如意，旁一净瓶，插柳一枝。宣和御笔题字，瘦金体，有"宣和御笔之宝"。

四六　王齐翰《勘书图》

王齐翰《勘书图》，绢本，宣和御笔左题"勘书"，右题"王齐翰妙笔"八字。有二苏、王晋卿、史公奕、明董其昌题。此卷见《严氏书画记》《清河书画舫》《妮古录》《退庵题跋》《红豆树馆书画记》。惟李竹朋《书画鉴影》与《清河书画舫》合。青父所见，即是此卷。梁、陶两家所藏，恐是摹本。

四七　黄要叔《笼鸡图》

蜀黄要叔《笼鸡图》，立轴，绢本，一鸡在笼中，一鸡在笼上，两首相对视，作欲斗之状。有“天籁阁”朱文长印。

四八　蔡惠公《谢赐御书表》及诗卷

宋蔡惠公《谢赐御书表》及诗卷，纸本，三十七行，正书，纸五接。有米芾、文及甫、谢克家、鲜于枢、赵孟頫、胡俨、解缙、吴牧、宋洵、刘真、尹昌隆、赵友同、夏原吉、陈继儒、董其昌跋。此卷见《大观录》《装余偶记》。

四九　文潞公三书卷

文潞公三书卷，纸本，□□行，草书。有米友仁，向若冰，清朝成亲王、荣郡王跋。此卷见《辛丑消夏记》。

五〇　郭河阳《溪山秋霁》图卷

郭河阳《溪山秋霁》图卷，纸本，明文嘉、王稚登、董其昌跋。此卷见《清河书画舫》。

五一　黄文节《王史二志稿》卷及《励志诗》卷

黄文节公王、史二志稿卷，纸本。王志廿一行，史志廿二行，行书。有董其昌、孙承泽题。此卷见《梦园书画录》。黄文节公《励志诗》卷，纸本七十行，行书。有明董其昌、清笪重光、梁清标跋。此卷见《铁网珊瑚》《穴研斋笔记》《清河书画舫》《江村销夏录》。卷末有尚有大判一行云:“此字可令张法亨刻之,今已无,殆为人割去耶。”此诗及唐懒残大师所作,见《御选历代禅师语录后集》,明季在汪砢玉家。“世事悠悠”至“更复何忧”一段,曾经勒石嵌之莲登阁,拓本亦罕见。

诗后题:“元符三年七月,涪翁自戎州沿流上青神,廿四日宿廖致平牛口庄。养正置酒弄芳阁,荷衣未尽,莲实可登,投壶弈棋,烧烛夜归。”按:“年谱”于绍圣元年谪涪州别驾,黔州安置,二年赴贬所。元符元年迁戎州。三年徽宗登极大赦,复宣义郎、监鄂州在城盐税,七月泛舟青城,省张氏姑,张介卿祉之母。介卿时为眉山青城尉,二十一日解维,八月十一抵青神。此云廿四日宿牛口,水行迟,犹未出戎州境。廖致平名养正,涪翁诗有《廖致平送绿荔枝戎州第一》,即其人也。牛口亦见《东坡续集》,在《过宜宾见夷中乱山诗》后,即其地。再上即玉津县,过嘉州方至青神。十一月始由青神回戎州,与“年谱”合。汪砢玉莲登阁,即取“莲实可登”语意也。

五二　米南宫《向太后挽词册》

米南宫向太后挽词册,纸本,□□行,正书。后有董其昌临本并跋,又有唐氏半园刻石,孙淇澳跋。

五三　米南宫《翰墨册》

米南宫翰墨册，纸本，四叶，三十五行，草书。有米友仁、明都穆跋。友仁跋云："九帖，今存其四。"此册见《梦园书画录》。梦园宝米斋，指此册也。

五四　李龙眠《白描投壶图》

李龙眠《白描投壶图》轴，绢本。二人投壶，两叟坐榻上，似评论胜负者。一壶峙于中庭，二矢中焉，一矢倚竿，一矢贯耳，二矢落于地。一童奉矢，一童奉盘。下有方桌，一枰两奁，三面有阑。庭中古树奇石，修竹甘蕉。院外远山迷漫，杂以云气。"公麟"二字款在树间，有怡亲王"宝明善堂览书画印"，怡府旧藏也。

五五　张樗寮《华严经》册

张樗寮《华严经》册，白纸本，八十行，乌丝阑，行书。有清朝王文治、祝德麟跋。樗寮生平好写佛经，《华严经》有正副本，正本久入《石渠宝笈》，副本向藏内阁库中，旋以蠹烂散佚。此本即内阁散出者。正本在内府，缺六卷。高宗命裘曰修补书。杭州海潮寺有三卷，梁山舟题作"镇山之宝"。又一卷归穰梨馆，又两卷归沈仲复中丞，不知与此何如。

五六　宋人《蜀山图》长卷

宋人《蜀山图》长卷，纸本，七接。图中景物，皆注其名。高宗四宝之一。前人推为龙眠画、南宫书者。

按：宋人《蜀川图》，自岷山导江起，至夷陵止。昔人推为李龙眠。与《潇湘图》《九歌图》，顾恺之《女史箴图》，皆前明顾中舍所藏四名卷。后《女史箴图》归檇李项家，《九歌图》归董文敏家，《潇湘图》归陈子有参政家，《蜀江图》归信阳王思延将军家。王百谷、陈子有各一跋，董香光两跋。后与《潇湘图》同归高江村。江村两跋后题一长古、两绝句。乾隆时，四卷均归内府，纯庙题五段，引首亦题两诗。至以“四美具”印章押之，欣赏可谓至矣。卷中写蜀川自发源至出峡所经各地，于县则青城、导江、郫县、温江、江源、广都、双流、新津、彭山、南宾、武宁、南浦、云安、奉节、巫山；于州则茂州、威州、眉州、邛州；于军则永康、城滩。古迹两岸备详某处至某处若干里，某滩至某滩若干滩，以蝇头小书志之，字亦极佳，昔人推为米笔。今据图中所标地名，有崇庆府界。《一统志》：宋蜀州，绍兴十年升崇宁军节度使。因高宗先封蜀公，潜邸例升也。孝宗淳熙四年始升府。眉州下江乡馆，《一统志》：在州东玻璃江滨，宋邑宰胡文靖建，嘉定间魏了翁更今名。景苏楼，《一统志》：在州治西，宋陈晔为苏氏父子建。晔字日华，庆元间郡守。夔州下胜己山,《一统志》云:白帝城东十五里,有胜己山。以高出众山之上,王十朋命名。而忠州尚未改咸淳府,则犹在南宋之中叶。又眉州径接忠州,中间仍脱三幅。而未到归州而止,恐尚有末幅及宋、元题跋。大半为飞凫人所割截。另装一卷,旧印三,俱宋时所押。内"飞捷第二指挥""第三都记"朱文。考《中兴通鉴》,建炎元年,因李纲建议募兵,创禁军,饶胜、北捷、忠勇、义成、龙武、虎威、折冲、果毅、定难、靖边凡十号,每四军。此云第二指挥,其四军之二与?宋志自神卫而下,左右四厢都指挥使,虞候厢各有都,每都有都头。此第二指挥之第三都头也。可见宋时业已宝贵,不必证为龙眠之画、南宫之字然后足重。至引首"蜀川胜概"四字,以为蔡君谟,不知君谟卒于治平三年,与米、李亦不相及。

五七　姚彦侍父子所藏古书画

杨太后《宫词》册,姚彦侍方伯所藏。方伯爱收古书,兼及拓本,书画最少。子公蓼亦熟于目录、金石之学。乔梓连槁,孤孙尚幼,书楼扃闭二十年,一旦全数落贾人手,除鼠啮蠹食外,散若云烟。如元板《草堂雅集》及此册归陶斋,余则陶斋转购入都门图书馆。如宋板《孟东野集》,《百宋一廛赋》所载者,宋拓《凤墅残帖》二册,均不知下落。

宁宗杨后《宫词》五十首,写在状纸反面,纸墨甚旧,系汪水云、钱功甫、毛子晋、黄荛圃旧藏。水云、功甫有印记。子晋有两跋,荛圃亦跋。子晋曾刻入《五家宫词》。取刻本相校,如《银烛瑶觥竞上元》一首,“娟娟西月”毛刻作“□□午月正当轩”,午月胜于西月,毛何以不见“娟娟”二字。“管弦声韵一齐喧”,一作“宛转余音出紫垣”,毛与一作同。又《内园昨夜报花开》一首,“个个争先献寿杯”,一作“人人争献万年杯”,又与一作同。想以其声调不协耶。毛跋“潜夫不知何许人”,按首第二行云“潜夫辑”,是《宫词》之传由于潜夫。跋云“癸酉仲春”,不著何年。考:周草窗有泗水潜夫之号,大约草窗所辑。癸酉是度宗咸淳九年,时代恰合。子晋跋云:“考今本止三十首,余二十首从未之见。‘但迎燕子尾纤纤’‘落絮蒙蒙立夏天’‘紫禁仙舆诘旦来’,向刻唐人。又‘兰径香销玉辇踪’‘缺月流光入绮疏’‘辇路青苔雨后深’,向刻元人。今姑存原本,未便删去,是搜辑与补缀皆潜夫为之也。”大抵宫闱笔墨,不甚流传于外,好事者辑录之,辗转传钞,多寡不同,故有五十首、三十首之异。又以为有他人之作羼入者,自所传王建《花蕊》等宫词均然,不独此册。或疑字迹与草窗不类,盖同时人另录之,非潜夫亲笔。然纸墨决不在宋、元以后,况少室山人所珍(胡应麟别号)。子晋、荛圃并跋之。因取汲古本考其异同,补其讹错而互证之,亦艺林之椟宝也。

五八　元赵文敏书《张少潜送秦少章序》

元赵文敏书《张少潜送秦少章序》卷，纸本，六十三行，行书。前明归项子京，清朝归英煦斋相国，曾摹刻之，现缺五字，摹本尚未缺。

五九　钱舜举《西湖吟趣图》

钱舜举《西湖吟趣图》卷，设色画石，上设文篁，列文具，林逋幅巾袖手，据坐吟诗，前有古铜屏，插梅一枝，一鬌头童子，炽炭于盆，藉蒲团暖足，一鹤在侧甚驯。曾入《石渠三编》。《西清札记》详载之。

六〇　黄子久山水立轴之断定

黄子久山水，分左右幅立轴，绢本水墨画。远峰插天，峭壁下楼阁一重，廊下一人，据案而坐。松杉交荫，左幅半露平屋，烟树无际，无款。有“黄氏子久”朱文印在右幅，张青甫跋右幅。决有左幅，断为大痴，二君眼力已觉卓绝。至同治年始合于方梦园所。剑合丰城，令观者心目一快。

六一　王叔明《松壑高贤图》

王叔明《松壑高贤图》，立轴，纸本水墨画，长松遍山，鳞甲森动，老叟两人对坐，一童子侍。又一叟曳杖自山径来，一童自林间奉茶而出。大山磅礴，青峭摩天，流泉间之，纸上似有声也。曾经内府收藏，上有乾隆壬辰御题。

六二　王叔明《山水》轴

王叔明山水轴，纸本水墨画，茅屋倚石壁，瀑布随壁而下，势颇汹涌。一叟坐而观，二童侍于后。壁断处接以石桥，一叟曳杖渡桥。后又有一叟踯躅而来，一僮随之。有款有印。

六三　王若水《良常草堂图》

王若水《良常草堂图》卷，纸本水墨画，赵仲穆篆"良常草堂"四字。有鲁钝生、李孝光、倪瓒、吴克恭、韩友直、张翥、苏大年、张天永、柯九思、郑元祐、黄鹤山樵题。

六四　朱泽民《良常草堂图》

朱泽民《良常草堂图》卷，纸本水墨画。有吴子善福孙篆

"良常草堂"四字,有明钱乘时、徐𤊹、文震亨、邵捷春、高兆跋。此二卷均藏上海徐紫珊处。紫珊亦为之跋。此图黄大痴亦绘之,未知何时能璧合也。

元张德常《良常草堂双卷》,王若水、朱泽民图之。有元鲁钝生、李孝光、倪瓒、吴克恭,韩友直、张翥、苏大年、张天永、柯九思、郑元祐、黄鹤山樵等题之。前明为邵肇复所得,钱时章、文启美为之跋,徐兴公为之考诸名人姓氏,林异卿为之书。考中不知吴克恭为何如人,高遗庵补之。咸丰末年,归上海徐紫珊,后归陶斋。王卷之末,有黄鹤山樵和"茅"字韵诗。王蒙字叔明,自号黄鹤山樵,赵文敏之甥。何以兴公未尝考及?今看此卷,似后补装,非兴公时所有。而钱跋补张雨、嗣益、钓鳌海客、倪瓒四人诗,与卷中云林、伯雨二诗不同。徐兴公又搜元人遗集,得倪元镇疏成廷珪两诗。徐紫珊又据《铁网珊瑚》补蒋堂两诗。按:钱跋黄子久亦画此卷,不知归于何所。今刻本《铁网珊瑚》与此卷核对,讹字甚多,有脱至一行者。另有潘纯《题草堂图》云:"每爱草堂幽,来为竟日留。独当山一面,更近水西头。绕舍栽青竹,开窗看白鸥。拾遗茅屋好,不得近鄜州。"倪中云:"近闻结屋在荆溪,溪上春山翠欲迷。一个小桥容鹤过,两株高树著莺啼。林君漫拟移天竺,杜老何烦卜瀼西。何似先生乐真隐,好诗还向此中题。"范德源云:"溪上开新馆,高斋拥翠萝。弹琴拂石荐,垂钓得鸥波。道士笼鹅至,门生载酒过。春风看花处,随地乐行窝。"张雨云:"珠树风来学凤鸣，玉泉雨过作琴声。识得良常洞中路，前身我本山玄卿。"柯九思云："幽馆晓山如沐，断桥春水初生。花下班荆酒熟，松间散策诗成。"倪瓒云："结屋政临流水，开门巧对长松。为待神芝三秀，移居华岳两峰。"陆容云："家□住华阳，长松映草堂。平生有高致，不似贺公狂。"韩与玉云："想见茅山路，深藏隐者庐。平生怀胜境，此地得幽居。林黑时闻虎，溪深或见鱼。相期学仙侣，童子候阶除。"李子云云："每爱良常山水胜，草堂松竹更清奇。据梧谈易玄猨德，拄杖看云白鹤归。石鼎注泉春煮茗，竹窗留客夜弹棋。晨昏定省学甘旨，独掩柴扉细和诗。"尽录之以扩钱、徐所未有，以副邵肇复之意。各诗或在黄卷内，他日作延津之合，或可取以考证也。鲁钝生、无名氏，钱跋以字类泽民，谓泽民重题。考《列朝诗集》，马琬字文璧，金陵人，自号鲁钝生，非泽民也。按：《铁网珊瑚》载节斋刘珏跋，有句曲曹廷瑞中书《良常草堂诗》录于行卷，与卷中"句曲曹氏益家藏珍玩"小印相合。邵肇复名捷春，侯官人，《明史》有传。林异卿名宠，擅书名，春画堂刻陶集，异卿手书上板，士林推为名笔。徐紫珊名渭仁，上海人，收藏最富。徐兴公《红雨楼题跋》，荃孙辑得二百四十篇，写录未竟，又得此跋，欣喜累日。

六五　郭氏《诗翰卷》

郭氏《诗翰卷》，第一俞希鲁、郭天锡文集序，白色纸本，七十三行，行书，后有明周伦跋。第二郭景星和梁隆吉韵诗，黄色纸本，十五行，正书。第三郭天锡《赋碧玉盘》诗，蓝色纸本，十八行，行书。第四陈象祖和僧佑之"来"字韵诗，黄色纸本，十九行，行书，此卷同治丁卯嘉兴唐鷁安汇装。鷁安名翰题，嘉兴人，官太湖厅同知，所藏金石书画旧板书均佳，后亦散佚矣。

六六　倪瓒《水竹居》

倪云林《水竹居》卷，纸本水墨画。古树四株，茅屋一椽，屋后有竹，屋前皆水，远山又在水外。至正壬寅，云林为吴郡曹仲和训导作画，昆山俞元明焯作记，张纬、王令显、孔思构、金玫、高恒吉、颜肃、朱炳、姚嘏、释宗戒、徐衡、周凯、金贡、陆宗贤、俞贞木、张翯明、莫震、曹说、王雨、陈述、沈浩题。此图见《六砚斋三笔》，又见《吴越所见录》，沈旭庭梧长跋，考题跋名人事迹，殊有先辈典型。

六七　《元人词翰册》(一)

《元人词翰册》，第一赵文敏手札，十一行，行书。第二亦文敏札，六行，行书。第三张光弼诗，二十行，行书。第四周伯琦诗，二十二行，正书。第五黄溥诗，十七行，行书。第六杨维桢文，三十五行，行书。第七邵亨贞诗，十六行，行书。第八王立中诗，十九行，行书。第九叶森札，十四行，正书。第十俞伯和诗，二十八行，行书。第十一宣昭札。第十二陈慎独诗，二十二行，行书。第十三僧应龙诗，十一行，行书。第十四顾谨中诗，十六行，分书。明藏项子京家，清朝归怡府。

六八 《元人词翰册》(二)

《元人词翰册》，第一文信诗，十行，行书。第二王应高诗，八行，行书。第三倪瓒诗，九行，行书。第四(缺)。第五程钜夫札，十六行，行书。第六汪从善札，十一行，行书。第七柯九思诗，十一行，行书。第八非非狂叟札，十一行，行书。第九马祖常诗，十二行，行书。第十邓文原札，十行，行书。第十一高克恭札，十行，行书。第十二黄溍诗，十五行，行书。第十三虞集札，十三行，行书。第十四汪泽民札，十三行，行书。第十五郑基诗，廿九行，行书。第十六袁桷札，十九行，行书。第十七燕公楠札，十九行，行书。第十八张珪诗，八行，行书。第十九文信诗，九行，行书。第二十曹知白札，十三行，行书。前明藏项子京家。

文信字道元，少与茅山张伯雨、前进士会稽杨廉夫齐名。有《西湖竹枝词》，见王逢《梧溪集》。

六九　明王梦端《山水》轴

明王梦端山水轴，纸本，以水墨画两山夹峙，丛木阴翳，孤城岭半，驴驮循栈阁而上。一艇蜀装，自急流下驶，洄流漩洑，恍闻两岸猿声也。仆为更名曰《巴船出峡图》。

七〇　沈石田仿宋元画《九段锦》

沈石田仿宋、元画册，向名《九段锦》，今存六段。一仿赵吴兴，一仿赵千里，一仿惠崇，一仿王孟端，一仿赵大年、杜东原题诗在上，一仿赵仲穆。后有梁诗正跋。此册见《清河书画舫》《江村销夏录》，九段俱全，兼有董跋。梁跋时仅存此六段，董跋亦无矣。

所失三段：一仿黄鹤山樵，一仿吴仲圭，一仿李成雪山。

七一　唐子畏《山水册》

唐子畏山水册，十幅，纸本水墨画，有“泰华双碑之馆”朱文长印，所见子畏画，以此为最精。

七二 《静春堂袁氏双卷》

《静春堂袁氏双卷》，上卷第一元龚璛《静春堂诗集序》，第二陆文圭，第三钱重鼎，第四郭麟孙，第五杨载附虞集题，第六汤弥昌，第七陈绎曾，第八黄溍《静春先生墓志》，后有明吴讷、朱存理跋，清朝潘奕隽、黄丕烈、毛庆善跋。下卷第一王祎《寓斋记》，第二、第三袁泰诗，第四袁养福书《九歌》、后附沈津跋，第五袁骧志，第六袁鼎志，第七刘孺人志，第八袁昶志，第九袁杲继室周硕人志，第十袁雯皇甫氏志，第十一袁世恩札，后亦有毛庆善跋。鲍刻《静春堂诗集》前卷题识、序文均在，藉补缺佚。盖鲍君以文百年前所见，磨灭较少耳。《铁网珊瑚》又载袁先生《自书诗稿》卷，今不知归何所。乾、嘉间，袁寿阶五砚楼与周锡瓒、黄丕烈、顾逵为"藏书四友"，储藏之富，名重一时。今枫桥左右"渔隐小圃十六咏"之遗迹，亦消灭于风烟林薄间，遑问所藏耶？此双卷由穰梨馆归陶斋，兵火屡经，幸免煨烬，不可谓非厚幸矣。

七三 王雅宜《山人借券》卷

王雅宜《山人借券》卷，为吴中名迹。有明归世昌、赵宧光、文楠跋。清朝从沈归愚起，题者为徐太守良、王大司农际华、孔舍人继涑、周阁学景柱、邵太守齐然、张舍人埙、王郡丞宸、蔡正郎履元、王待诏世维、黄修撰轩、孙大令国泰、陆学士墀、马绍基、金士松、瞿中溶、严保庸。咏者为钱少詹大昕、钱阁学载、褚学士廷璋、曹宫詹文埴、季翰林学锦、吴翰林寿昌、宋翰林铣、周大令震荣、顾宜泰、袁钺、冯培、翁大年。题而兼咏者,朱学士筠、邵翰林晋涵、翁阁学方纲。最后归上海徐渭仁。咸丰三年八月四日,装潢题签。明日小刀会起,紫珊在城中,至十一月,始以此卷随其幼子缒城而出,后辗转入湘。

七四 仇十洲《募驴图》

仇十洲《募驴图》,纸本白描画。一人牵驴来,一人俯首视之。朱性甫老健,同人为募一驴,徐桢卿撰启,钱同爱、朱良育、祝允明、张钦、沈郊、唐寅、邢参、叶玠、王道生、董淞、杨美出资,陈继儒跋,僧俊彦、沈弘度诗。

按:同人为朱性甫募赀购驴,仇十洲绘图,徐昌谷作启,钱、朱、唐、祝等助之,最为风雅韵事。朱存理字性甫,文徵明撰墓志,有云:"性甫闻人有奇书,辄从以求,以必得为志。或手自缮录,动盈筐箧,群经诸史,下逮稗官小说,无所不有。尤精楷法,手录前辈诗文,积百余家。他所纂集,有《经子钩元》《吴郡献征录》《名物寓言》《铁网珊瑚》《野航漫录》《鹤岑随笔》,总数百卷。"《四友斋丛说》云:"性甫在荻扁王氏教书。与主人晚酌罢,主人入内。适月上,野航得句云:'万事不如杯在手,一生几见月当头。'喜极发狂,大叫叩扉,呼主人起,咏此二句。主人亦击节,取酒更酌,兴尽而罢。"徐桢卿字昌谷，太仓人，弘治乙丑进士，国子监博士，著《迪功集》。钱同爱字孔周，别号野亭，长洲人。《眉公笔记》云："孔周喜书，遇有所得，随手札记，积数巨帙。文先生极重之，写赠《碧梧高士图》。"朱良育字叔英，吴县贡生，有《草堂诗集》十卷。邢参字丽文，教授乡里，以著述自娱。遇雪累日，囊无粟，兀坐如枯株，人往视之，无惨懔色，方苦吟所得句自喜。又连日雨，往视屋三角垫，怡然执书坐一角，不爨亦累日矣。祝允明、唐寅均见前。唐赠旧钞《岁时杂咏》一部，其价一金，可见迩时书值之廉。沈邠等无考。

七五　仇十洲《程门立雪图》

仇十洲《程门立雪图》轴，绢本工笔着色画。高堂帘卷，先生隐几而卧，游、杨二子端肃侍立，一僮子开门看雪，大山古树，瓦沟围墙，不但雪影，恍闻雪声也。

七六　沈石田《天台石梁图》

沈石田《天台石梁图》轴，纸本，高一丈三寸，宽三尺三寸半，着色画。寒山如云，破空而飞，瀑布三折，直泻如银之水，石梁横空如玦。杰塔危楼，苍松翠柏，幽人独往，清风扑人。名山胜境，非大手笔不能写也。"天台石梁"四篆字，自题七律一首。

七七　文徵明《寒烟半壁图》

文徵明《寒烟半壁图》轴，纸本，高一丈七寸，宽三尺一寸，水墨画。寒林千尺，拔地而起，幽人翘首山中，静领木叶槭槭、涧水淙淙之趣。自题七绝一首。此图与前件均极大幅，文画尤为难得。

七八　董思白《婉娈草堂图》

董思白《婉娈草堂图》轴，纸本水墨画，岩松溪瀑，幽人结屋数楹，云气滃然，着墨犹湿。丁酉十月，余自江右还，访仲醇于昆山读书堂，写此为别。董其昌此图先藏横云山人处，又归安麓村，后入上方，高宗御题，至二十二段，并以图中景象与田盘相似，即以“婉娈草堂”名之。

七九　清王奉常《归村图》及《农庆堂读书图》

清王奉常《归村图》《农庆堂读书图》卷，纸本，吴梅村《归村躬耕记》云：“奉常为文肃公孙，赐庄在州西十二里之归泾，中有农庆堂，为太常读书之处。两图极意经营，独臻高格。”梅村记见本集二十八，有张庚诗并跋。

王太常为文肃公孙，赐庄在州西十二里之归泾（桑悦《太仓州志》不著录。想后来所添，所谓诸浦之间，有一里二里而小为泾，皆破古堤而为之者)，太常常至焉。中有农庆堂，为太常读书之处。自绘《归村图》《农庆堂读书图》，时在顺治壬辰，太常年六十一岁，作此两图。野艇山桥，烟云竹树，渊明种秫，遗山还乡，以寄世故流离、衰颓迟暮之感，追述祖志、不忘先朝躬耕之旨，于是乎在。梅村此记，见本集二十八，取以相较，首自吾友王烟客，叙平生之旧事，下集增不亦幸欤。虽其土之瘠而赋之繁，吾犹将乐而安之。若夫“歌舞陆博，习饮食，侈游观”，下至“逐什一之利，竞锥刀之末者，吾之所不能为也”一段，文法较密，文气较完。余闻之曰：“集作梅村。”吴伟业闻之曰：“是梅村后订稿时所增。此赠太常，乃初稿也。”前辈集中往往如此。《太常七十寿序》亦梅村为之，有云：“兵兴之后，再辟西田于归村，以樵牧自放，日偕高僧、隐君子往来赠答。行年七十，齿发不衰，固不止缟素流传、以书画专门已也。”真能窥太常之心哉。蒙叟有《学集西田记》，成于辛卯，在此画前一年。有云：“瓜田错互，豆篱映望。袯襫挂田，笭箵缘路。西田之土风也。玉山东南，虞山西北，日落霞起，月降烟生。西田之景物也。娱宾之堂，颜曰农庆。秋原膴膴，农务告成。主人所以明农而祝禾稼也。”与此两图恰合。后有张浦山跋并诗，浦山亦深于画者，推重如此，则画可贵矣。

八〇　王奉常《仿古十图册》

王奉常《仿古十图册》,纸本,第一仿米家山,第二仿大痴,第三仿子久沙迹,第四仿北苑,第五仿赵文敏,第六仿黄鹤山樵,第七仿吴廷晖,第八仿黄子久,第九仿梅道人,第十仿倪高士。奉常自跋两段,为文邃开士画,有王廉州跋,茉庵四跋。

茉庵印文,曰"玉正岩",曰"随山",曰"南屏隐叟",曰"茗上人"。署款曰"品山寸草庵主"。

八一　王麓台《仿元六家山水卷》

王麓台《仿元六家山水卷》,纸本。第一仿高房山,第二仿赵松雪《松溪山馆》,第三仿黄鹤山樵《丹台春晓》,第四仿黄大痴,第五仿梅道人,第六仿倪高士。设色平远,康熙癸未为龚石帆画。用推篷式为长卷,有"芷林审定"朱文印,而退庵题跋不载。

八二　王石谷《千岩竞秀图》

王石谷《千岩竞秀图》卷,纸本,长二丈四尺,为娄东相国七旬寿。石谷年亦八十有三矣。相国奉常第八子。

八三　王石谷《仿山水册》

王石谷《仿山水册》，纸本，第一仿惠崇，浅色；第二着色画；第三着色画，仿赵善长《蕉林仙馆》；第四浅色画；第五着色画，仿惠崇；第六浅色画，仿王叔明；第七着色画，仿赵文敏《桃源图》；第八着色画《江干七树图》，仿萧照笔；第九着色画，仿大痴；第十着色画《关津夜泊》，仿燕文贵；第十一着色画，写（仿）高青邱；第十二浅色画，仿郭天锡。陶斋藏王册，以此为最。张伯雨题黄子久画曰："山川浑厚，草木华滋。"移赠此册，亦复不愧斯语。

八四　王石谷《耕烟草堂图》

王石谷《耕烟草堂图》轴，纸本浅色画，石谷为其犹子子秀所作。树石萧森，草堂轩敞，两人平坐其中，长者石谷，幼者即其犹子。阶下两僮，一奉壶，一奉碟。屋后乔松修竹，烟云滉漾，寒鸦如雨，点缀暮色。子秀自赤岸来，赤岸江阴东乡，与常熟毗连，李如一得月楼即其地。

八五　恽南田《花卉山水册》

恽南田《花卉山水册》，纸本。第一着色画，鹅群，临石田本；第二着色画，摹巨然《古木寒鸦图》意；第三着色画，两株蝴蝶花，草兰一片，题《国香春霁》；第四水墨画，乔柯急涧，唐解元有此景，因仿其意；第五着色画，二种牡丹，用北宋徐崇嗣法；第六水墨画，夜雨初霁，晓烟欲出，其象若此，用米元晖语，题《方壶烟雨景》；第七着色画，出水芙蓉，拟北宋没骨法；第八着色画，赵荣禄《红霞秋霁》；第九着色画，五色菊，临赵昌绢本；第十着色画，溪山行旅，摹北苑半幅图。向藏内府，幅幅有高宗御题。目中所见恽画，无逾于此。

八六　方小师《临缪叔民山水》轴

方小师《临缪叔民山水》轴，纸本水墨画，杂树荒崖，秋容可掬。按：叔民名佚，常熟人，父贞，兄（子）侃，均以书画名。叔民工诗善画，世其家学，常（尝）写《林塘图》。杨铁崖、倪云林并为题咏，见《列朝诗甲集》。此画明成化丙戌马抑之临，方小师又临马本，匡廓尚佳，原本精妙又可想矣。

按：缪佚字叔民，常熟人。父贞，字仲素，好古博雅，家有述古堂，贮法书名画，子侃，字叔正，浙东辟署行省郎中。老父居虞山，温凊久缺，绘故山云树并所居猗猗堂为图，题曰"望虚以寄志"。佚即仲素。次子叔正之弟，工诗善画，世其家学，尝写《林塘图》，杨铁崖、倪云林并为题咏，见《列朝诗甲集小传》及《常熟志》。叔民画不著何年，其前题四月，后题后十一月，而张仲简题在至正九年。予按：至正六年丙戌闰十一月，此盖作于至正六年也。原画明初在沈均孟渊所，石田之祖嘉定马抑之借此卷于沈同斋，即石田之父。临此卷时，石田年已四十，同斋年六十九。原卷及马抑之卷今均不知归何所。方士庶《画征续录》：字循远，号小师道人，新安籍。又家于维扬。能诗，工画山水，受学于黄尊古。用笔灵敏，气晕骀宕，早有出蓝之目。著有《环山集》。

八七　郎世宁《婴戏图》

郎世宁《婴戏图》，绢本，工笔画。三小儿戏于庭，一雀飞而将下。一衣红，右手擎一雀，左手持小旗，眼注于右手之雀。一衣蓝，仰面视飞雀，两手背负，并倒擎小旗。一衣紫，右手引欲下之雀，左手持食罐。世宁西洋人，画本西法，能以中法参之，笔下尚有士气。

八八　《投赠周栎园先生杂文》

《投赠周栎园先生杂文》二册。第一，张遗《偶遂堂赋》；第二，邓汉仪《栎园先生南还重游海陵序》；第三，徐延寿《周先生南还序》；第四，王沄《奉祝栎翁周先生五袠初度序》；第五，胡介《灼艾集序》；第六，汪楫《书栎园夫子生还文后》；第七，浦龙渊《叙少农周公乌楼功状》；第九，张遗《拜玉庵赋》；第十，黄志遴《栎园周少司农南还序》；第十一，李焕章《周少司农公南还序》；第十二，王有年跋；第十三，公子在延诗；第十四，陈焯《周栎园先生赐还述异记》；第十五，李澄中《偶遂堂赋》;第十六,许珌《拜玉庵记》;第十七,冒襄《周栎翁夫子南还重过广陵序》;第十八,杜濬《奉贺栎园先生南还序》;第十九,陈润《周公南还记》;第二十,黄澂之序;第二十一,在延诗;第二十二,陈维崧《赠栎园周先生序》;第二十三,陆繁弨《灼艾集序》;第二十四,林嗣环□□□□□□;第二十五,黄文焕《少司农栎园周公五秩序》;第二十六,张贲孙《拜玉庵记》;第二十七,纪映钟《拜玉庵记》;第二十八,高兆《拜玉庵记》;第二十九,在延诗。分上下二册。

张遗初名鹿徵,号璞生,江宁人,明诸生,荫锦衣千户。明亡,变姓名,入深山,闭户著书,自号白云山人。见《留溪外传》。

邓汉仪字孝威,泰州人,有《过岭集》。

徐延寿,兴公之子,号存永,家鳌峰,红雨楼书籍遭乱,并田园失之。见《渔洋诗话》。

王沄原名溥,字大来、一字胜时,华亭人,世居听鹤轩,为陈子龙弟子。

胡介字彦远,浙江钱唐人。见《遗民集》。

汪楫字舟次,号悔斋,休宁人。举博学鸿词,有《悔斋集》。

李澄中字渭清,号渔村,诸城人,举博学鸿词,有《渔村集》。

许珌字天玉,明崇祯己卯举人,王渔洋称为闽海奇人,有《梁园集》。见《福建通志》。

冒襄字辟疆,别号巢民,如皋人,壬午副榜,授司李,明季“四公子”。家有水绘园,最称豪侈,后沦落以死。见《雉皋诗征》。

杜濬字于皇,号茶村,湖北黄冈人,有《变雅堂集》。见《湖北通志》。

黄澂之字静宜,福建人。史忠正幕府上士。见《感旧集》。

陈维崧字其年,宜兴人,举博学鸿词,有《湖海楼集》。见《鹤征录》。

陆繁弨字拒石,钱唐人,布衣。见《两浙輶轩录》。

林嗣环字铁崖,晋江人,顺治己丑进士,自号御呆子,著有《荔支谱》。见《福建通志》。

纪映钟字伯紫,一字檗子,号戆叟,上元人。有《真冷斋集》。见《遗民集》。

高兆字遗庵,号固斋,侯官人,见《西河诗话》。

陈润字龙章,福建人。

陈焯字涤斋,福建人。

黄志遴,福建人。

黄文焕,福建晋江人。

王有年,河南人。

张贲孙,杭州人。

浦龙渊字潜夫,苏州人。

八九　徐坛长《京江负笈图》

徐坛长《京江负笈图》卷，为高斋先生作，淮阴顾瑟如画，工细无比。

宿迁徐坛长先生原名杏，后改用锡。负书名，著《圭美堂集》二十六卷。幼年读书京口，先于鹤林寺之苏公竹院。乙丑从高高斋先生游，寓北固山楼，八阅月而归。按：高斋老人姓高，名东生，字农隐，良常人。时艺为"金坛十子"之首。高斋其别字，有文稿行世。坛长生于顺治十三年丙申，至康熙乙丑，年卅岁。越五年己巳，而倩昭阳顾瑟如作此图于淮阴，时先生三十四岁。何义门题于甲戌，诗在《义门集》中。又越五年，先生康熙丁丑赵熊诏榜成进士，选庶常，时已四十二矣。《义门集》并载《与坛长两书》云："文字之饮，极为盛事，惜后间以俗语耳。老卷略标，其可观者，读则何必。本朝止有慕庐先生一人真知庆历法脉，做到五分以上工夫。余子即有高下，亦以其法为法者也。高斋老人不取慕庐先生，反以其面目近长明青岳，忽视之不细寻味故耳。凡论文偏主一路，即有屈抑。老人亦微有西江横据胸臆，论文允许邓文洁，盖文洁乃西江前辈，千子推服略无间言者也。老人所批《礼乐不兴》三篇，乃至佳。余则颇不能悉其去留之由。非理学，非场屋，弟尝恨千子论文与王、李之谈诗等。门阀甚大，枝派极乱，五十年来，虽贤者未免受其蔀障。但熟复传注，究论古人用意用笔之妙，即知其非矣。久不发此狂论，恃先生之知爱，辄敢一吐，勿使他贤见之，钳我于市也。文九册并高斋老人文一册送还。《负笈图》仅题两韵，亦遵教以奉。附去扇容渎上不备。”又云：“拙句奖与过当，尘务碌碌，愧未能为长篇以发挥景物也。行期大抵定于初六，不敢复当远送。扇附去，书法甚草草为愧。石刻三种，敝郡所有，希检入。坛长称之为高麓隐，亦只一见。刘大山载《忧庵诗草》，均外间所罕见。”

以上均陶斋尚书所藏。入《壬寅消夏录》。

九〇　王麓台《苏斋图》

王麓台为蒋树存作《苏斋图》长卷，跋云：“树存蒋兄得坡公石刻，携之来都，书画谱借重校雠，喜共晨夕，有友善画，重摹其像，悬之室中，号曰‘苏斋’。西斋吴都谏首倡，同事诸君子皆属和焉。今树存兄南归，于绣谷幽处，卜筑数椽，以成苏斋之胜，可无图乎？余故作此，并录和诗于后。康熙丙戌小春，王原祁画并题，王澍题首，初白、归愚诸君子题诗。”此翁覃溪苏斋之所自来也。

九一　陈章侯《出处图》

陈章侯为栎园作《出处图》，绘靖节、武侯二人。谓处则靖节，出则武侯也。

九二 《影园扇册》考

《影园扇册》题凡书画扇册二百八十一幅。其题为超宗者凡廿有三，其出超宗手迹者四。又题出“影园”者一，大抵皆“影园”题赠物也。而黄牡丹状元之手跋亦在焉，故总题曰《影园扇册》，亦足备玉山金兰一段佳话也。

九三 禹之鼎《秋山读书图》

洪稚存编修曾祖《秋山读书图》，禹之鼎画，康熙癸未中秋，昆霞观察秋山草堂在歙县，洪源、缪沅、查慎行、查嗣瑮、郭元釪、徐炯等题。

九四 宗开先与姜承宗非一人

宗开先名灏，覃溪以姜承宗与开先为一人。承宗又有印曰“衍庵”，作画往往题一“灏”字，同时人误以为沈朗倩。覃溪之语，不知何据？

九五 元名家册子之白文朱文印

元名家册子，有“大明锡山安国珍藏”白文，有“江阴迁莺”“夏一驹珍玩”朱文两印。

九六　黄荛圃《担书图》

黄荛圃有《担书图》，秋室题诗：“东观异时添著录，精严应号小云林（黄长睿号云林）。”

九七　杨忠节手书《速客单》之掌故

长洲顾氏藏杨忠节手书《速客单》，曰吴来翁、吴雪翁、武樗翁、文澄翁、江华翁、蒋介翁、杨斗翁，凡七人。后系一绝云：“三壶六碟五簋菜，岂复寒酸类腐儒。读画看诗欢竟夕，满天月色醉归途。”下署“门年弟廷枢”，具有名印及遥集居印，无月日。按：柬中七友，皆与公同以习书经，举崇祯庚午应天乡试者，故称“门年弟”。为镇江武际飞，德化文德翼，金坛江璜、蒋鸣玉、杨良弼，吴江吴昌时，无锡吴达也。吴昌时最有名，吴达从叛。见《明史·解学龙传》。

九八　恽逊庵轶事

恽逊庵遗像，杨晋写真，王翚补图，可称“艺林三绝”。先生名日初，字仲升，逊庵其号。少好学，亦知兵。崇祯六年副榜贡生，应诏上《备边五策》，不报。携书三千卷，归隐天台山中。遭乱，崎岖闽、越，思有所建树，而终未遂。晚归常州，讲学以老。又尝为浮屠名明昙,图曰《松峤观云》。

九九　朱子价《人日草堂引》

朱子价《人日草堂引》曰:"升庵先生在江阳,以画像寄我白下,揭于寓斋。嘉靖己未人日,西域金子大舆,东海何子良俊,吴门文子伯仁、黄子姬水、郭子第□,秣陵盛子时泰、顾子应祥相约过予。予觞之斋中,南向,先生像在壁间,诸君各东西席,如侍侧之礼。比丘圆澜,罂中泠泉相饷,觅得阳羡贡尖一角,烹茶为供;宣瓯注之,焚水沈作,礼毕就坐,各啧啧叹曰:'今日乃得睹升庵先生。'文子曰:'今日之会奇矣。'予当作《人日草堂图》以寄先生,客欣然拊掌,因歌'人日题诗寄草堂,遥怜故人思故乡'之句,作阄散,诸君请各赋一篇,并寄先生,见吾辈万里驰仰之怀。越二日,文子图成。又二日,诸君诗次第成,予乃为之引。是年六月,先生卒于滇之永昌。则书画邮致之时,先生或不及见矣。是举也,论交之真,敬长之懿,乐善之诚,胥于此征焉。传之后世,不独为艺苑之美谈也。"

一〇〇　名家之仆善画者

元曹云西有仆夏汲清,能画,同时黄大痴家韩老善画鹰,设色有法,沈石田家童朱太平亦善山水。见《都公谭纂》。

一〇一　官印印书画之始

卢鸿《草堂图》，唐人题跋云："相国邹平段公家藏图书。"并用所历方镇印记。官印印书画，盖始于此。

一〇二　挂幅改册之"柳叶装"

挂幅改册，前人谓之"柳叶装"。今琉璃厂谓之"蓑衣装"。

一〇三　明朝特设仁智殿以处画士

明朝特设仁智殿以处画士，一时在院中者，人物则蒋子成，翎毛则陇西之边景昭，山水则商喜、石锐、练川、马轼、李在、倪端、陈暹。季昭，苏州人；钟钦礼，会稽人；王谔廷直，奉化人；朱端，北京人。

一〇四　《秀水朱十竹垞图》

《秀水朱十竹垞图》，海陵曹秋崖（岳）写。时在康熙十三年甲寅，先生四十五岁，时客潞水龚佥事（位育）幕。钱塘蓝谢青亦同作立轴。康熙三十三年甲戌先生装图，时年六十五岁。先生生于明崇祯二年二月二十一日，卒于康熙四十八年十月十三日，年正八十。至光绪甲辰，卷轴皆归华阳王息尘，距图成二百三十年。

一〇五 《薛素素小影》

《薛素素小影》，绢本，高一尺八寸七分，阔七寸二分。画栏边石竹，下有钩叶兰。自题小楷云："玉箫堪弄处，人在凤凰楼。"十字，分二行，薛氏素君戏笔。"沈氏薛""第五之名"二方印，皆白文。

上方张文鱼录胡孝辕《读日录》一节，云："薛素素，南都院妓。姿性澹雅，工书，善画兰。时复挟弹走马，翩翩男儿俊态。后从金坛，于褒甫玉嘉有约矣而未果。吾郡沈虎臣德符竟纳为妾。合欢之夕，郡中沈少司马纯甫、李孝廉伯远偕诸名士送之。姚叔祥有诗云：'管领烟花只此身，尊前惊送得交新。生憎一老少当意，忽谢千金便许人。含泪且成名媛别，离肠不怕沈郎嗔。相看自笑同秋叶，妒笑侬家并蒂春。'褒甫恨薛之爽约及沈之攘爱也，《寄薛三》律云：'锦水飞来第二身，蕙心更擅艺如神。相怜南国应无辈，不悟东家别有邻。纨扇写留骑凤女，宝符赍向驭龙人。碧山烟外含愁思，犹似蛾眉隔座颦。凉壁哀蛩吊蕙帷，计狂祝梦又多违。锦书织恨盈千轴，钿带萦愁减一围。弱水药来娥月皎，明河槎去客星微。越人不肯归西子，花泣吴宫掩夕扉。铜标志里候灵芸，中道香车改辙闻。魂逐飞蓬辞夜幕，泪随落叶点秋裙。尾生作鬼难仇水,巫女为神易变云。自古多情欢便少,双栖何必笑离群。'叔祥诗今在集中。于诗明艳流丽,余甚赏之,并略书本事传之。薛后不终,嫁为商人妇。"

一〇六　王石谷《北征图》及跋文

王石谷禹鸿胪为海宁陈文简公(元龙)作《扈从北征图》,今归陶斋。石谷又曾为宋药洲阁学(大业)作《北征图》,有孙旸、顾嗣协、王吉武、唐孙华、黄庭、惠士奇、吴庭桢、朱彝尊题,药洲自跋。跋云:"康熙三十四年乙亥冬,皇帝下诏北征,命中东西三路并进,扫除巨寇厄鲁特,亲帅大兵由中路进。十二月十二日,余备员讲幄,侍直乾清门,面奏世受国恩,愿以词臣效力边陲。帝曰俞行哉。遂使分督中路转运之任。明年丙子二月,督军糈千石,车二百辆,将士兵从五百余人,由密云出古北口。车徒绵亘二千里。旌旗猎猎,队伍无哗。毂击则山谷都震,尘飞则天日为昏。于是逾峻岭,渡深河,历瀚海,寻斥卤,绝大漠,三月有二旬,至于克勒伦河,仰赖圣人神武,密运方略,黄钺一麾,豺狐尽歼。是时,西路粮匮,予奉面谕援济,遂赴抚远大将军费公扬古、甘肃振武将军孙公思克营,遇凯旋大兵,分给之,一时三军欢声雷动。孙公谓余曰:'噫,异哉!公以儒臣至此,何其壮耶。'继而曰:'老先生以中路粮饱西军腹,此非运米,直运吾辈之命来耳。'相顾欷歔,泪数行下。越己卯春,论转运功。余以深入远到,谬列一等，猥邀拔擢，何其幸欤。然余回思阅历之境，或万里无人，水草俱绝；或黑云如雾，牧马悲鸣；或狂飚括地，毳帐欲飞；或骤雨滂沱，衣衫湿透；或夏风如火，焦灼发肤，亦可骇也。或明月孤悬，清风徐拂；或沙光如练，塞草萋萋；或金钲□□，一灯荧然；或独倚营门，万籁凄绝；或南望帝乡，茫茫云雾，又不觉悲从何来也。是役也，计时则五月有四日，计程则往来八千里。至于过上都之遗址，观永乐之御铭，五月重裘，端阳飞雪，六月草枯，则有余《北征日记》在，兹不复赘。王子石谷在京师，归而属其绘图，乞大人先生不歉珠玉，光此简册，则是行为不虚，余能厚望云。日讲起居注官翰林院编修兼管中路大兵二运二营粮米事宋大业识并书。”

《北征日记》节录：

康熙三十四年乙亥冬，上以厄鲁特之噶尔丹逆命不恭，明年将行天讨。十二月十二日，（臣）大业侍值乾清门，面奏云："（臣）世受国恩，感激思奋。今值六龙时迈，亲临绝塞，挽运军糈，正资群力。（臣）年力方壮，愿自备马匹口粮，出塞分督粮运，图报万一。"奏毕，天颜甚喜，遂谕总督于公成龙酌量任事。三十五年丙子正月十四日，上御太和门，出征将领及运米各官俱于庭中赐宴陈戏，演《班定远封侯》《韩范讨西夏》诸剧，赐酒，赐五爪蟒缎。二月二十日，分管二运二营夸兰大事。所领运官八员，赎罪人二员，笔帖式二员，游击一员，车夫二百名，兵一百七十名，车二百辆，地方骡马七百匹，捐纳骡马二百匹。三月三日，粮车集天坛外。初四日，领米运官八员，每员管车二十五辆。领米一千担，兵夫口粮小米在外。一车袋装载二千斤，随列营于齐化门外，每车插飞熊小旗一面，夸兰大各员领飞熊大纛一杆。初六日，督运长行。十一日，至石匣。十三日，出古北口。十八日，过兴州。二十四日至二十六日，阻泥泞。二十九日，至波呼七领。四月八日，过余口岭。十六日，至六台。廿五日，至九台。廿七日，起营过十台。五月初五，离十七台十里下营，即所谓哈□地方也。初七日，过十八台。十一日，过二十二台。十五日，到二十七台。十七日，到二十八台，地名小托岭。十九日，起营。二十日，至勒苏。二十一日，到三十二台。二十二日，到克勒伦河，河水清浅，曲折如带，味甘美，明相公送鲜鱼九，即河中所捕。六月一日，散西路兵粮，即起营南回。七月四日，到畅春苑。

一〇七　《六君子图》

《六君子图》，苏竹文竹，元鲜于枢、周伯温、伯颜不花三跋。丹邱生竹、玄谷道人竹（王九彦贞）、钱箨石竹、两峰竹并题。

一〇八　黄大痴《唐人诗意》

大痴为顾阿瑛画《唐人诗意》十二幅，前有鲜于伯几章草

“澄怀观道”四字。按:困学卒于成宗壬寅,后八年至大三年庚戌,顾阿瑛乃生。此册既是大痴为阿瑛作,蟫首不应有困学书,或从他卷册移来耳。

大痴道人写诗意十二册于玉山草堂,阿瑛小楷书记。杨维祯、倪瓒、赵雍、饶介、钱惟善、于立题(彦成)。

一〇九　袁静春诗卷

袁静春诗卷,跋者鲜于伯几、龚子敬、于寿道(文传)、贡仲(□奎)、陈子贞、郑□□(元祐)、柳道传、黄晋卿、王(璲)、吴默庵、吴匏庵,皆真迹。后有弘治菊月大梁岳正书一段。按:季方卒于成化十年,焉得至弘治?文中称西涯阁老,西涯是季方女夫,入阁在季方卒后二十年,称谓、年月均不合。

一一〇　谢希曾《契兰堂书画录》

安山道人谢希曾善收藏,著《契兰堂书画录》二册,刻于道光丙午,时书画已散失矣。内有顾亭林扇面一,《秋林归棹图》一,画宗子久,运笔中锋,与思翁相伯仲。

一一一　《困学说文图》与《仓颉造字图》

王南陔(绍兰)撰《说文》,有《困学说文图》;孙渊如撰《仓颉篇》,有《仓颉造字图》。

一一二　雪江之《萝壁山房图》

明明季上人号雪江，尝绘《萝壁山房图》，署石门山人，有《雪江集》。

一一三　王蒙亦号香光居士

王叔明亦号香光居士。

一一四　东坡《谷庵铭》手迹

东坡《谷庵铭》手迹，未谷跋云："虚白堂在曲阜西门状元坊之东，去孔庙西墙数武而近。岸堂先生居之，自榜云：'宋朝遗栋规模远，鲁壁传经讲授真。'今为老宿陈述庵（颖）宅，曲阜令孔璞斋（毓琚）有横卷，皆宋、元墨迹，此其一也。"

一一五　海宁陈氏藏东坡书佛经真迹

海宁陈氏藏佛经，首行有"奉沙门程氏命男轼辙敬书"十一字，纸光墨采，迥不犹人，盖东坡真迹。今不知归于何所。

一一六　古代装潢匠

《珊瑚网》载潢匠，有杨玉材、陆象玄。

一一七　韩偓手迹跋

韩偓借米，与鲁公乞米何异哉？蒋之奇（韩偓手迹跋）。

一一八　唐伯虎《宫女图》

唐伯虎客大宅（地名），于屏上画宫女数百，服饰炫丽，姿态百出，共得四扇，传为宝物。后人求墓志于先文贞公，送为润笔。后太白公亦求墓志于牧斋，又为牧斋索去（《天香阁随笔》）。

一一九　朱彝尊残诗

中丞世德诗，钱塘项濬集《千字文》，上武进赵公申乔。朱竹垞为之序，起笔“学师孔孟、位冠星辰”云云。惜不能见其全首。

一二〇　徐益高风逸致

吾邑大西山人徐益，工诗画，喜吹笛。家贫，饘粥不继，不以介怀。常临风吹笛，而妻曰："瓶粟罄矣。"笑曰："粟罄何害？"悠然数弄，洒如也。年九十余，吟兴不衰。其山水落落数笔，传者绝少。高风逸致，何时复见此辈人哉？

一二一　梁溪陈卿茂写宋遗民诗

梁溪陈卿茂字本符，写宋季诸老诗一纸，如程自修《岁月百忧集》"江山一笑归，花鸟偏于前辈好。江山更有后人哀"，如冉琇"士论原无的，人生各有终"，如王涯"扫空黄叶晚风定，飞尽碧天晴鸟回"，如皇甫子明"龙蹲虎踞江山大，马去牛来社稷空"，如鱼潜"童子歌鸲鹆，幽人拜杜鹃"，如杨应登"圣朝臣已老，往事客何言"，皆从江山变易之后，以涕泪为诗歌，令千载后人歌呼不绝。

一二二　翁覃溪题赵秋谷《书约》

翁覃溪题赵秋谷《书约》墨迹："右秋谷先生《书约》，至以润笔数事示人，想见临池逸致。予窃有愿者四焉：一前人法书名迹，必归于精鉴者插架；一书迹真本，必付良工摹刻；一古碑贞石，勿遭仆毁；一法书名帖，勿受俗手题跋。使天下物与物合，令皆得所愿，则吾愿日日磨墨为人作书以庆赞之，附书于此。丁酉六月十五日。”

一二三　王渔洋风骨刚劲而后人式微

王渔洋当太傅明珠隆赫时，有客以金笺索诗寿之，力拒不从，其风骨固自刚劲。惜后人式微，书卷玩好，荡然无存。甚至《与西樵读书秋树根图》《天女散花图》两象亦不能守，可叹。同治间，裔孙鳌以辛酉拔贡朝考一等，分发四川，以知县用，得补中江。尚存手迹十二册，诗笔亦有家风。名人有后，士林为之欣幸。

一二四　黄石斋画松长卷及跋

黄石斋画松长卷，周确斋（仪）跋二段，钱载跋一段。

报国寺，应天南郊坛。包山毛公坛。黄山。

卷三　金石

一　造像有“定七巳朔”

造像有“定七巳朔”，是东魏孝静帝武定七年己巳朔。唐宋题名年月，类此者甚多。不意自东魏开之，然非伪造。

二　苏东坡《大麦岭题名》时间考

坡公《大麦岭题名》，左行十五字云：“苏轼、王瑜、杨杰、张琡同游天竺，过麦岭。”韩履卿以“龙井题名”推之，谓在元祐五年，是矣。“龙井题名”在正月晦日，见《咸淳临安志》。王瑜、张琡外，尚有周焘而无杨杰。惟是岁三月二日游龙华寺同此三人，即是此日过麦岭至天竺韬光庵，并即《西湖志》详其次第也，知此题名为三月二日无疑。

三　何子贞张文襄得汉末碑刻应为一石

蜀学署有冷风廊，何子贞于灌口得一石，古八分书，中有“冷风”二字，因以为名。子贞推为汉石，然无确据。后张文襄师得《卢丰碑》，亦携归学署，则建安六年六月乙丑，次行严季男。大约自《纪胜》著录，曰“吹角坝磨崖”、曰“卢丰碑”，均此一石耳。

四　佛幢刻经始于唐

《佛顶陀罗尼经》，唐永淳二年，波利自五台回印度，获是经。复回长安，天子大喜，令日照三藏法师同宾寺典客杜行觊译。后译本留禁中，梵本仍交波利。再延汉僧顺贞再译，是此经至唐高宗时，始流入中国。唐前之幢，大半佛像，罕见刻经。此经盛行，佛幢林立。明、清又多刻七佛名，幢遂日见消灭矣。北地之幢，改刻“泰山石敢当”五字，止残一面；南方之幢，改刻七佛名，则止剩一面矣。

五　陕西金代石刻《古柏行》出龙岩之手

陕西有石刻《古柏行》，后面题识龙岩书。龙岩姓任名询，字君谋，易州人，金正隆进士，法书名天下，亦善画。

六 《张尧夫墓志》

《张尧夫墓志》，以葬之速也，不能刻石，命太原王顾以丹隶书砖，纳于圹中。

七 石刻宋词

嘉庆癸丑秋月，余家书院圃中，掘得一骷髅，籍一琉璃枕，上书《剔银镫词》，尾题"宣和岁次蕤宾月吉旦子东。"词曰：

小院烟凉雨细，正好恹恹春睡。蓦被金枝，连推绣枕，报到皇都书至。良人得意，集英殿、首攀仙桂。斗帐重襟惊起，斜倚屏山偷喜。宝髻慵梳，香笺折破，果见中高高名第。秦楼十二，知他向谁家沉醉。

词意婉约，石刻中罕见。

八 摩诃庵三十二体篆《金刚经》

摩诃庵三十二体篆《金刚经》，宋灵隐寺僧莫庵道肯集篆，奉佛弟子楚黄梅洪度重临。写释文者，黄汝亨、房壮丽、周锵（心虞）、何吾驺、陈万言、姚宗文（四明人）、吕邦耀、姚希孟、施兆昂（福清人）、朱继祚（以钟，莆田人）、侯恪（归德人）、林宰（闽人），共十二人，天启初元，陈万言跋。汪中丞可受，别号静峰，黄梅人，得此集于水中。疑有神物呵护，嗣抚宣大。门人洪度摹勒成之，时在万历戊午、己未间。

九　浙江齐梁间佛寺碑

浙江新昌县出城二里，有宝相寺，俗名大佛寺。内有碑，题曰："梁建安王造。"剡山石城寺《弥勒石像碑》，中书舍人刘勰文，惜已中断。佛高十余丈，离寺半里，有千佛岩，存佛像千余。碑云："齐永明三年造。"此碑想是后人追溯之文，像旁不知有题名否？梁碑文见《会稽掇英集》，亦见《越中金石记待访目》。

一〇　《姑孰帖》所收苏东坡苏子美陆放翁书迹

《姑孰帖》，大约十卷，东坡在戊，苏子美在乙，放翁四卷，大约是第六卷与第九卷。两苏帖是洪迈刻，最精。《黄州谢表》草稿，笔笔二王小行书。又《恶酒如恶人》五古一首，又偈子，又《女筥等》短五古一首。苏子美大字甚遒劲，陆放翁数大行甚腾踔。

一一　上海静安寺"云汉昭回之阁"碑

上海静安寺有宋碑，"云汉昭回之阁"六大字，上有"皇太子书"四字，下恭跋小字，漫漶不可识。按：《梧溪集》卷一有

《题静安寺云汉昭回之阁小序》云:“光宗皇帝在潜邸时,书赐安抚使钱良臣。后阁废,子孙舍石置寺阁,昙琛二上人征题。”王梧溪诗云:“云汉昭回夜,新登最上头。丛林几度腊,片石百年秋。爽气随天尽,疏星带月流。身今在析木,无暇顾牵牛。”(大字下纪恩表,剥蚀待尽矣)。

一二　鹤林寺多宋碑

鹤林寺多宋碑,而岳珂、孙觌为多。《妮古录》所云也。

一三　姚鼐指陈怀仁集《圣教序》之谬

姚惜抱言:怀仁集《圣教序》集书多两字凑成者,证以“正”“旷”二字,皆右军家讳,而止此不避。并论“大唐三藏”标题之谬。

一四　《汝帖》中之齐樊孝谦书

《汝帖》第八卷,齐樊逊书。“逊”字可辨,北齐樊孝谦也。伪本作“樊退”矣。

一五　北宋慎东美书《戴叔伦碑》

金坛有《戴叔伦碑》,是慎东美所书。东美字伯筠,北宋人，工书。

一六　涪州北岩之“龙树”刻石

涪州北岩有大树如龙，夭矫直上，破壁荫崖，空翠欲滴。有大书“龙树”二字，款王龟龄。然则宋时树已如此矣。放翁笔记言：“过罗源县走马岭，见荆棘中有岩石，刻‘树石’二大字。奇古可爱，乃苏舜才翁书也。山行往往遇此。”

一七　旧拓北齐《兰陵王碑》之流传

旧拓北齐《兰陵王碑》，自明以来，推为孤本。明有杨一清、戴熺两观款。清朝自何梦华归龚定庵，转入虞山张芙川。今宗湘文观察得之，跋甚多，以莫子偲、赵惠甫及湘文自跋为佳。

《兰陵王碑》，近年出自磁州，四面刻，并有安德王诗。旧褾错误，可以更正矣。然神采全失，仅存匡廓。此拓坚深肃括，如刃出硎，旧拓可贵在此。如《武梁祠画像》、如《范式碑》，近拓安能与旧拓比哉。

一八　王德甫《金石萃编》及续书

王德甫《金石萃编》，后续之成书者，陆邵文四十卷，严铁桥廿四卷，两种均见过。瞿木夫一百二十卷，稿成而借失，仅见题跋一册。考证博大精深,惜无全帙。陆星农太夫子《八琼室金石补正》一百二十卷,洋洋大观,真可续德甫书矣。叶纫之、夏世堂(玉甫)亦思续之,稿与目均未见。今日新出土之碑,如欲续德甫之书,恐加倍不止。

德甫本二百卷,元四十卷。德甫刻未完而殁。后人惜费,刻至金而止。近来残本出现,罗叔言以珂罗版印出,惜只三册。

一九　王文敏在川搜得之宋代造像

王文敏在川,搜得一宋元嘉造像,字迹与北碑一例。即绵州、北山、大同造像三段,亦与帖上字不同。余如梁、陈之像,皆伪造。

二〇　焦竑笔记之茅山陶隐居井刻石

《焦氏笔乘·金陵旧事》云:"茅山华阳宫有陶隐居井,宋政和初道士庄慎修寻得之。入地三尺许,得瓦井阑,虽破,文尚存。先生丹阳陶仕齐奉朝请,壬申岁来山,栖身高静,自号'隐居'。弟子吴郡陆敬游,其次杨、王、吴、戴、陈、许诸生。供奉阶宇,湖熟潘逻,及远近宗稟,不可具记。悠悠历代,讵勿识焉。梁天监三年八月二十日钱唐陈宣懋书。"他书亦无著录者。

二一　明季出土之《曹景完碑》泐坏情形

《曹景完碑》，明季出土时，止泐一“囯”字。后“乾”字凿作“车”字，而碑亦断。“贤孝之性”“孝”字，“弑父奠”“父”字，“人褱不安”“人”字，“风雨时节”“节”字，“听事官舍”“听”字，“临槐里”“临”字，“吏乐政”“吏”字，均伤损，共七字。朱竹垞临本作“车”旁，是其穿在明清之际，“乾”字上作“二”，如作“十”，即已穿。帖贾描写，有工有不工，更不足为据。

二二　《乙瑛碑》

《乙瑛碑》，第一行“艺”字，第二行“辟”字。

二三　西湖虎头岩画像

西湖虎头岩画像一纸，六舟和尚手拓之。石旋为吴康甫取去，未见诸家著录。

二四　六朝人画树皆作“伞”形

阮文达谓六朝人画树，皆作伞形，《武梁祠画像》《列女传图》、顾恺之《洛神图》，源流可考。

二五　安徽江西金石之搜求

安徽、江西金石最少。非少也,搜访之不得力也。如赵琴士(绍祖)《安徽金石记》,仅仅翻摘故纸,不派工人四出搜拓,不录全文,不注存佚,不加考订,有书与无书同。荃孙读《有不为斋随笔》,始知潜山石牛洞;闻蒋丈子京语,始知桐城浮山;读《瞿木夫年谱》,始知太平府采石矶碑多。乙未到金陵,遣聂明山往拓之,不下百余种。今又读《翁覃溪笔记》,知宣城三天洞有唐、宋题名三段;读钱叔宝《白岳游册》,有宋、元题名。惜明山早没,无人往拓矣。三天洞吾友况夔生拓寄。

古城岩在休宁东万安街之右里许,有笨笅二石如门,多宋、元人题名。

落石一名断石,在下汶溪三里,岩空如厂,厂下有巨石,石上有宋人题名。

石桥岩在齐云岩二十五六里,大石桥跨两崖间。桥左一岩,宋人题名甚多,可识者十五段,余就漫灭矣。(以上《白岳游册》。)

二六　郑斋所藏旧拓

郑斋所藏旧拓,《小蓬莱阁汉石经》二本,一孙渊如所藏,一黄小松所藏。《罗凤贞女阙》《公乘伯乔》(此汉文石室)、

《永光石刻》三种一册。《刘熊碑》《王稚子双阙》《旧馆坛碑》《王先生碑》《许真人井铭》,宋装,赵晋斋收藏。《元静法师碑》亦有二,一陆谨庭所藏,一张叔未所藏。

二七 《韩敕碑》

《韩敕碑》阴“熹平三年项伯修来”八字,在中列“谢伯威立伯世”二行下。

二八 《圣教序》

《圣教序》“圣教缺而复全”,“圣”字均缺,序内后半。(又云:“以首行‘晋’字不断为验。”)

二九 《张迁表》

《张迁表》“艺于从政”,“政”石痕泐作“畋”,“开霬畿寓”“霬”字,“烧平城郭”“城”字,“流化八塞”“八”字。

三〇 《曹景完碑》

《曹景完碑》“咸曰君哉”,“咸”字上画工。

三一　《孔褒碑》

《孔褒碑》,“继德前叶”,“继”字未损。

三二　《皇甫碑》

《皇甫碑》,“兼综机务”,“务”字未损。

三三　《醴泉铭》

《醴泉铭》,以“光武”“光”字无凿痕为验。

三四　《争坐位》

《争坐位》,以“辄有州对”四字为验。

三五　智永《千字文》

知(智)永《千文》,以有“侄方明摹”四字为验。又有“李寿永寿明刊”六字。

三六　隋《凤泉寺舍利塔铭》及四大天王像

隋岐州凤泉寺舍利塔铭，另石有四天王像：一曰南方毗留勒天王，一曰北方毗沙门天王，一曰东方提头赖吒天王，一曰西方留博义天王。

三七　泰山秦篆

泰山秦篆，四面环刻，廿九字在其南乡二段之西一段，现存十字，"斯臣去疾"四字在第一行，后六字是其后三行之首二字。

三八　居庸关城门唐人石刻像

居庸关关城门有石刻像。每人分书姓名官衔，是唐人。

城外石壁摹崖，张敬振旅东归再宿于此，乾封二年。

裴荣题名，开元五年。

城楼石鼓，至元二年。

"弹琴峡"三字，重熙八年李宗江题。

三九　张家口城内忠勇王祠石刻

张家口城内忠勇王祠："大燕建兴五年幽州刺史郑祁供

养石垆。”

四〇　宋彭大雅筑重庆城立石

宋重庆城，彭大雅欲大筑城。曰：“不把钱做钱看，不把人做人看，无不可筑之理。”城成，僚友请立碑，大雅于四门立四大石，大书某年某月彭大雅筑此城。见《雪舟脞语》（元邵桂字玄同，岩陵人）。

四一　诸城琅琊台秦汉石刻

诸城琅琊台，在城东南百里而近，台三层，层高三丈许。最上正平，周二百有奇。东南西三面环海，迤北为登台沙道。台上旧有海神祠、礼日亭，皆圮。垣内西南隅，秦碑在焉，色沉黝，质甚粗而坚若铁。以工部营造尺计之，碑高丈五尺，下宽六尺，中宽五尺，上半宽五尺，顶宽二尺三寸，南北厚二尺五寸。今字在西面，十三行八十六字。其南面为宋、金人题名，苏东坡守密时题名，亦在其中。明时闽人□涝者，大书深刻“长天一色”四字于其上。昔贤妙迹，半为所毁，殊堪痛恨。阮文达《小沧浪笔谈》详记台之位置及碑之尺寸，所据诸城学官之说，而未至碑下。近拓以陈簠斋为最精，崇语舲《香南精舍金石契》言之甚悉。簠斋有朱文印，曾登琅琊手拓秦篆，是簠斋亲至碑下，出于目验，当得其真。然簠斋不收宋、金题字，遂付阙如。荃孙幼时道经《西狭颂》下，宋、金人题字亦满壁，前人均未著录。“惠安西表”四字，去《西狭颂》约十余文，其下仿佛有字，是另一碑之额。今人以为《西狭颂》碑头，亦殊武断。尔时身亲戎马，不知记段数及年号人名，思之令人惘惘。后叶鞠裳拓到宋人题名四段，庶补昔日之憾。

四二　汉人造阙

汉人造阙，穷极工巧，费亦不赀。《隶续》云：“灵台碑阴，会计作碑之费，二十千二百。”武绥宗使石工孟季为其兄造阙，为钱乃十五万。孙宗作师子亦四万。一阙之费比碑十倍，并图王稚子二阙形。《蜀道驿程后记》：王稚子两石阙，下方上锐，叠石如累棋，其颠有盖覆之，望之如窣堵状，叠石凡五层。“兖州刺史”一行在东阙，“先灵侍御史”在西阙，余皆有宋人题字。今二阙倾毁，止存“汉故兖州刺史雒阝”全字七，半字一。土人以砖砌台，旁有横石二，存宛丘李昇壬午题名（考为崇宁）、洛阳张戬建中靖国元年题名两段。两阙及他石均无矣。

四三　四川汉阙之有名者

四川汉阙，王涣、高颐、冯焕、杨宗、沈君、李业诸阙，均颓，止存字耳。唯高贯光阙独存，有“汉故益州太守阴平都尉武阳令北府丞举孝廉高君字贯光”二十四字，十二字在阳面，十二字在阴面。与《隶续》王稚子阙同，画像二十余段。自张文襄师视学时,始命人拓出。贯方阙已倾倒,止剩有字二十余,画像一二。石在高颐碑右,去雅州府二十里,地名孝廉桥。有高君祠古景贤堂,王介堂太守所题也。杨君铭亦在雅州,碑阳止存"杨君之铭"四字,碑阴存"孝廉故吏",一排二十二行,"二"字下全泐。

四四　上庸长阙

上庸长阙,在德阳黄许镇,上存"上庸长"三完字,一字在一笔,有画像二段。友人章硕卿云:"忠州丁鲂阙尚存,然未见拓本。梁杭雪藏双排六玉碑,得自厂东德古斋,皆《隶续》所载,柳敏、尹君则久无拓本矣。"

四五　梓潼蜀侍中杨君阙

蜀侍中杨君阙在梓潼县。按:此是季汉人,殁于魏、晋之间,不称汉而称蜀也。钱辛楣先生断为伪造,云昭烈称汉,李氏先称成后称汉,至王建、孟知祥方称蜀。此制决非唐后,有作伪日拙之讥。然季汉亡后,均称为蜀。陈寿著《蜀志》,不云"《汉志》",即《曹真碑》亦云蜀贼诸葛亮,则故官称蜀,自是通称,何疑之有?若《三巴孴古志》以为李雄之侍中杨发,转不能称蜀矣。

四六　嵩山三阙

嵩山三阙，《萃编》止有《太室前铭》《少室铭》《开母庙铭》三段。《金石图》三铭之外，多《季度铭》《江孟等题名》二段。《两汉金石记》《太室前铭》之外，多《太室后铭》一段。此拓极旧，约在明季时。又于丛林之前，约有分书十五行，止有“山亶灵亲名畤来”数字可辨。诸家著录，止《平津读碑记》曾言之。而《金石聚》钩出，以为少室阙残字，余藏本亦有此段。惜未得亲登嵩高，目验手拓，始无遗憾也。

四七　石室汉碑仅存之十三字

“广都公乘伯乔、曹守长、郫审叔雍”，隶书三行十三字，何梦华摹刻于南昌府学。《两汉金石记》据《隶续》以为汉残题名。荃孙案，《隶续》卷二载此种云：“一列二人上阙。”卷十四《文翁石室题名》第一段第二三行与此同，亦上阙。“昌”作“曹”，“雍”作“惟”，字画亦近似。洪氏得拓本，前后整碎不同，遂致两收。翁亦仍其误，不知为石室题名也。石室汉碑甚夥，今已尽佚。存此天壤间者，唯此摹本十三字耳。

四八　汉李元兴《买昏堂记》

密县李元兴《买昏堂记》，道光十余年间出土者，故著录家皆未之见也。方约一尺四寸,周有直界纹,文中一行十二字,字数多寡不等。石已裂为四片,字多漫漶,不可句读。今存超化砦遆东东店张应震家。首书“汉安元年”。“汉安”,顺帝年号也。文多不可句读,疑裂处尚有脱损之字。内称“东水李元兴治年”,盖元兴为东水人,而字治年者。又称“买昏堂”,述其买冢地也。又称“欲报二亲”云云,又称“弟延年者”,盖亦其弟之字。元兴字治年,故知延年为其弟之字也。又称“兄弟二人负土”,此下又有“石坛”字,盖其兄弟为父母筑坟坛也。末记“石师赵伯度”,又缀以祝辞,文之可见如此。但字漫灭,实费目力矣。其字之以“賨”为“买”,以“偻”为“偻”,及“师”作“師”,“赵”作“趙”,“善”作“善”,皆别体书也。

四九　翁同龢跋元人刷拓《礼器碑》

万梅岩藏《礼器碑》云:“是元人刷拓本。”常熟师有跋云:“余在厂肆,见《小蓬莱阁汉石经》残字,以告伯寅、韵初。既而韵初购得之。又以《麓台画》易《王稚子双阙》,持以傲伯寅。伯寅谈笑欲夺,酒翻淋漓染帖眉。盖两君之好古如此。此《韩敕碑》在郑斋石墨中,犹非最上乘。然余所见各本,无出其右。元人拓碑,往往湿墨著纸,不事毡蜡,一刷即过,谓之‘刷拓’。此本墨浓掩字,而古光油然,神采腴活,是三四百年前物,不知伯寅见之又当何如也。己卯七月翁同龢。”碑签为郑盦师所题。今《小蓬莱阁石经》亦归梅岩。《王稚子阙》归西蠡矣。翁跋在光绪己卯,郑斋已殁。是跋似郑斋生前口气,疑不能明也。

五〇　张之洞论《史晨前碑》

《史晨前碑》

《史晨前碑》,明拓本,郎亭前辈所藏。

此前碑乃明拓本,较近时本增多半字者二十有余,如“阐谷异聘”之类皆是。之洞。

碑云:“复礼孔子宅。”复礼之日,按:“复礼”即“报礼”。义与春祁(祈)秋报大报天而主日同。周官宰夫以待宾客之令,诸臣之复。后郑说复之言报也,反报于王。却揆未然,按:却,逆也。“逆揆”犹言“前知”,《考工记》“匠人逆墙六分”,注“逆”犹“却”也。梓人却行、仄行、连行、纡行,注“却行”螾衍之属,“纡行”蛇属,亦谓螾衍可逆行,故与蛇行有别。王述庵谓此铭上文用阳庚青韵,中间忽叶“千”字,不可晓。按:上韵是“臻”字,非庚青部,古韵“真谆”至“先仙”诸部,皆通用,不足异。又谈然崇为韵。按:《汉书》“赵谈骖乘”,《史记》作“赵同”。汉人读“谈”如“同”,故史公以代父讳,“然”字遥举臻韵,如《诗》“助我举柴”,遥与首句“既佽”为韵也。

史君盖治《公羊春秋》者。公羊家说以获麟为瑞,谓文成致麟已奇。其说作《春秋》之旨,又多矛盾。或云为汉制作。如此碑所云:“或云新周故宋王鲁,以春秋当新王。”实皆非《公羊传》文所有。十一月廿九夜漏下三十九刻,之洞又记。

"演孝经",亦当时语也。荀爽谓汉为火德,火生于木,木盛于火,其德为孝。夏则火王是其孝,冬则废是其不孝,故汉制使天下诵《孝经》何其诞也。此碑所云为汉制作也。

壬寅四月,郎亭过我山中,携《史晨前后碑》,属题,次黄再同韵:"君来舣棹虞山下,我忆开函宣武南(此碑在京师时屡借观)。更补郑斋残字五(后碑缺五字,余以沈韵初残本足之),同看孔庙古碑三(君得古拓《乙瑛》,与此而三)。荡邪反正群公事(碑中语),感旧怀人一夕谈。寄语当年过岭客,萧闲情味考槃谙。"瓶居士同龢。

郎亭居士使还过吴,肇熙、肇新重观于小寒碧斋中。熙所收本有林一冯丈跋云:"按:碑每行三十六字,末一字隐入趺中。自来拓本皆阙。乾隆己酉浙江何梦华凿开趺石。嗣是以后,转得全文。《后碑》亦然"云云。附记于此。

五一 张之洞论《史晨后碑》

《史晨后碑》

《史晨后碑》,明拓本,张安圃前辈所藏。

"祗肃屑偻","屑"疑即"肸蠁"之"肸"。

"余胙赋赐","赋"与《庄子》"狙公赋芧"同义。《释言》"班赋也。"注谓布与古贡、赋、锡、赐等字上下通用。

"畔官文学"据前碑"畔宫"书势点画证之,定是"宫"字。或石泐,或刊碑小误。未谷释为"官",非也。

"香酒美肉",昌黎《南海神庙碑》"牲肥酒香"句法本此。

此又本《月令》"水泉必香"也。

"饰治桐车马",略如《史记》《汉书》"木寓龙、木偶车马"之属,犹桃偶人也。盖"又敕渎井复民饬治车马"为句,"饬"借作"饰","于渎上东行道表南北各种一行梓"为句,此一条共止两事也。"道向东行,故于道南北种树。"竹汀因《汉志》"桐""通"假借,遂说此碑为通车马于渎上,以"复民"绝句。又以"渎上"绝句,解为三事,误矣。仅言饬治,不言治道,殆不辞。且"复民"若为新政,别作一事。当言"复渎井复民"也。西汉庙飨赐爵,不应至东汉末乃给复圣里之民。

前后碑文字,洪氏及国朝诸老考释已详。兹缀臆说十事,之洞。

玉堂雅谑科前后,(安圃前辈入翰林,后郎亭前辈一科,曩有"前辈前碑、后辈后碑"之语。)石墨良缘海北南。(广雅丈题此碑时,方督两粤。郎亭前辈使事毕,将还朝矣。)辨字故应嘲户百,(前碑视宋洪文惠公《隶释》全蚀者,唯"于春"二字,至所少"崇毕自孝明归而祀鲁经"十字,皆元、明后陷入碑趺者。国初顾南原谓行三十五字,所见必明拓,与此前碑字数适符。后碑视《隶释》全蚀者唯一"孔"字,装池失去者"奉爵蒙福长"五字,其"复苻百冗"四字皆行末。第三十六字视近拓字体微不同。翁覃溪谓乾隆丁酉孔誧孟举碑出趺得多五字,据"绛帖"考之,六律六字先陷入趺,四字皆偏右,未全陷时拓也。观近拓六字左偏又半不见,可知碑趺中左势本低、前次六字先陷入之故。"百石""百"之上横短,近拓剜长。康熙甲子圣祖幸阙里,观永兴元年置守庙百石卒史碑,孔尚任有句“管百户名百户碑”之对，盖沿《通典》《阙里志》之讹。郡国置五经百石卒史，见班书《儒林传》，赖数石刻证之。）征文谁复见碑三。（王虚舟误。据《金石录》，谓二碑之外，有《谒冢文》。疑史晨本有三碑。）秩尊越骑官仪考，（后碑首言“相从越骑校尉拜”。越骑校尉，武帝置八校尉之一，秩二千石。诸侯王相秩真二千石，在中二千石下。）事共虞衡志例谈。（安圃前辈属访粤西旧地志。）宦辙似随神物合，此时惆怅几人谙。（同观者嘉兴沈曾桐、钱唐吴庆坻皆曾游粤。安圃前辈此行亦出羊城。郎亭前辈谓非偶然。）

假两碑观五日，赋一律纪事，敬归郎亭前辈。度安圃前辈已到天津，竹林共话，当及此事也。光绪十六年清明前一日，贵筑黄国瑾记。

五二　翁方纲廷济俞樾论《瘗鹤铭》

水拓《瘗鹤铭》

仰面石六行，“浮”字凡一画，皆用分隶法。覃溪审定。

仆石之上三行，“徵”上一字亟齐。释文作“岳”，然此字竟当阙疑也。牛氏以为“山”字，尤不可据矣。覃溪。

侧立石二行，“上皇”二字尚可辨。此二行右边尚隐露“奚夺”二字之左画，甚可宝也。乾隆己酉二月廿日，方纲记。

仆石下三行，退谷云：“厥”字两点下一反笔显然。愚按此笔与钟鼎文“佳王”“王”字下画相似，铭凡横直画，皆寓向背之势。此即所谓似欹而反正者也。惟旧拓本尚有可追寻耳。

此是铭序之下三行，有谓是宋人补刻者。此说盖由于马子岩淳熙己酉岁见寺中有重刻廿余字之文，因而致误耳。今观此三行，水浪漱激之痕宛然。假若后人补刻，必不择此水浪所漱激之石而刻之也。况其淳古超逸，断非宋人所能及乎。且予所藏旧本，实是五块石之文字连合为一大纸，岂有所谓宋人刻于石背者耶？若果刻于石背，岂有连合拓在一大纸之理？此尤不待辨而自明者矣。汪退谷作《瘗鹤铭考》，乃仍其误而不加察焉，何也？愚有说一篇，在拙著《瘗鹤铭考补》内。乾隆五十四年春二月廿八日。北平翁方纲记。

“丹”字欹侧取势，后人断不能到。余尝以《天玺纪功碑》中“月”字杲此字合摹，以悬斋壁，为“二丹仙馆”，真书学中换骨金丹也。道光庚寅十二月五日晨起南荣对旭书。廷济。

嘉庆九年阮元装置积古斋中。

道光十九年冬十一月冬至日，阮元重装。置扬州大东门福寿庭节性斋中。

《瘗鹤铭》聚讼久矣，自《东观余论》断为陶贞白，至今无异论。而又疑有唐一代何以竟无一人道及？乃余观唐储嗣宗和茅山高拾遗《忆山中杂诗》，有《巢鹤》云：“千万云间丁令威，殷勤仙骨莫先飞。若逢茅氏传消息，贞白先生不久归。”味其语意，似知此铭为贞白作者。然储嗣宗乃大中十三年进士，是唐人固有此说矣。辄赋一篇证成黄氏之说，质之陶斋尚书，其诗曰：“瘗鹤一铭无定论，诸家聚讼始于欧。远之则为王右军，近之则为皮日休。或云顾况或王瓒，白云黄鹤同悠悠。自从《东观余论》出，一言断定陶贞白。从此人人无异辞，华阳隐居即真逸。遂令明代张天如，编辑陶文收此石。独怪有唐诸名贤，穷搜古迹唐之前。十鼓辇来岐山下，一碑寻到岣嵝巅。何以此石在江左，竟无片语今流传。我乃遐稽遍唐代，居然留有一诗在。大中进士储嗣宗，曾向华阳寄遥慨。贞白先生不久归，珍重《鹤巢》宜自爱。若非得见此铭词，何以当年有此诗。是真铁铸一证佐，大可赞成黄伯思。前人未见我偶及，试向陶斋一质之。"曲园居士俞樾。

此拓由君子馆归陶斋。尚有徐问蘧、莫子偲、冯壶川、温味秋四跋，李铁桥、何梦华、刘燕庭、樊文卿、刘子重、沈韵初各印。

五三　盛昱王懿荣等论《醴泉铭》

宋拓欧阳率更《醴泉铭》

宋拓欧阳率更《醴泉铭》，向为陈香泉、汪云矫、毕涧飞旧藏。今归陶斋制府。

岁壬午、癸未间，香泉陈先生侨居郡城双塔寺西偏。书法之妙，名闻海内。尤嗜金石文，所藏汉魏六朝暨有唐一代碑版，靡有缺遗。多宋拓本，其最著银锭纹《淳化阁》《虞恭公》《九成宫》，当时展玩，不忍去手。迄今甲子将周，过云矫汪生斋，出法书名画及汉唐碑刻，忽见率更《九成宫》，如逢故人，叩其所自，为香泉家物。问及他本，不知所归。兹本独归诸生，神物不易得，生其宝之勿替，乾隆甲戌杪春，漫识于眠松书舍。归愚沈德潜，时年八十有二。

赵子固谓"化度""醴泉"为楷法第一。王虚舟云，"醴泉"更在"化度"上。有人称"化度"胜"醴泉"者，是无目者也。所谓草里惊蛇，其间电发森森若武库矛戟者，备见纸上。余见"醴泉"佳者不下十余本。昔年于玉峰得一本，后有张银台跋，纸墨稍逊此本。又于关中得一本，亦江南人家物，有王虚舟、沈凡民二跋。虚舟跋中有云："余生平见'醴泉'宋拓，莫过于海宁陈氏本、锡山秦氏本。即所谓千金碑是也。此本可以攀秦附陈，鼎立而三矣。"虚舟所云陈本，想必即此本也。甲辰冬，余得之吴门汪氏，纸墨拓手俱精。内中只阙二十余字，可称宋拓善本矣，鉴者珍之。竹痴毕泷记。

此《醴泉铭》未剜改本，"光"字无方画，"弗"字不作"勿"，"暎"字不作"映"，"胝"字不作"胝"。少有剪截，不为害也。乙未春，倭事方急，曾于仲约侍郎许见之，仲约王事鞅掌，未暇顾也，乃为吾友午桥工部所得。和局定，仲约悔恨欲死。今仲约弃宾客，东事又急，午桥招饮，出示此本。朋旧沧桑之感，俱集于心，凝襟黯然。光绪丁酉冬十一月，盛昱记。

此吾乡海丰查氏所藏宋拓本也，今归吾友屿桥工部。通首无一补字，完美可喜。与余家所蓄吴县缪氏本正同。懿荣半生所见此碑宋拓，不下五六十本。尚方所收为琦文勤家物，是有明库装。归安沈丈所藏，为宝鸡党氏本，皆北宋拓。小西安丈所藏，为诸城刘氏本，亦如之。至南海吴氏百衲本，内称有唐拓字者，谬也。屿桥属跋此本，并牵连记之。光绪乙未十月，懿荣记。

此卷首有查莹名印，莹字映山，浙江海宁人。由吏科给事中，督黔学。文敏云海丰人，误。

宋拓《醴泉铭》，王文敏所举各本外，袁文诚藏梁闻山本。有江干几跋，亦一字不补。波磔含隶势，水墨拓，益觉肥厚，惜有淹失处。顾艮庵师藏试研斋本，有苏斋题字亦佳。此本归愚跋云“是香泉故物”，殆即虚舟所称海宁陈氏本矣。沈跋中云矫汪生者，名应鹤，居阊门桃花坞，收藏甚富，子孙颇能守。今其家尚有宋拓虞恭公、温彦博碑，何道州叹赏，以为海内之冠。用墨如漆，当是北宋官拓耳。辛丑十月，访陶斋仁兄于武昌，获观，读莲生、意园两前辈题语，不禁腹痛。费念慈记。

唐代欧虞本雁行，二公规矩异员方。麟游巨碣巍然在，犹胜东西两庙堂。（《醴泉铭》原石在陕西麟游县，虽经剜改，尚是唐石。若虞书之《庙堂碑》，仅存陕刻城武两石，皆后世重摹本也。）榷场潘藏覆本真，体腴字伟尚存真。何如析产丰碑裂，重价争求无锡秦。（吴县潘文勤公得一榷场翻本，较原石字体丰肥，无锡秦氏因子孙析产，分裂石为数段。今残石拓本一分，尚可易番佛数尊，皆翻刻之可乱真者。）

南海曾传百衲碑，裒成集腋补创（疮）痍。曦园饱蠹非完本，赖有蝇头学士题。（南海吴荷屋中丞藏有百衲本，惜遍体皆补苴之痕。肃邸曾以重价购置一本，云是北宋拓，然已为虫鱼损蚀，赖有翁学士小字题跋耳。）

福山王本无题字，周氏家藏淡墨书。终逊陶斋最完善，朗如和璧润如珠。（福山王文敏藏本，尚称完善，惜题识均为市估割去。周文勤公一本亦完好，然淡墨迅扫，字多未清朗处。陶斋尚书出示所藏，因举所见诸本，连类记之。）王瓘。

宋拓《醴泉铭》，为汪云矫、陈香泉、毕涧飞旧藏，精妙为生平所见第一。此碑考据，《萃编》尽之矣。此拓胜于他本处，各跋尽之矣。翻《复初斋文集》一百三十五卷，跋碑咏碑最多，于"醴泉"仅有四跋，一五律，两七绝，大半空语。《红雨楼》《大瓢偶笔》亦然。荃孙更无所发明，谨赋二绝句，以应陶斋尚书雅命，江阴缪荃孙。

始识欧阳旧典型，临摹万手《醴泉铭》。
墨光如漆文如玉，虹月船中凤与星。
文敏骑箕意园死，可怜西蠡亦西归。
论碑旧友伤零落，独展瑶编泪暗挥。

五四　王文荪等所藏名帖

长垣王文荪，河北鉴藏家也，与蕉林、北海诸公同时。北海曾记所藏《向芗林刻禊帖》二本，及贾秋壑家徐季海正书《题经记》，乃世彩堂装潢者。山谷书《阴长生诗墨本》，宋人方楷所藏《绛帖》第九卷第十二卷，柳书《崔大师碑》，薛道所装之下册。上册有人携往三韩，顺治十四年，文荪复钩得之，大是快事。

五五　王文安书《石仙堂帖》《琅华馆帖》

陈子文云：数日看王文安公《石仙堂帖》，沉毅豪雄，允称奇绝。加我廿年，不能到也。略得其意，书此箑，尚须猛力习之。覃溪云："香泉服膺孟津至此。"其实此事本自隶法出耳。《琅华馆帖》亦文安书。无回，觉斯第三子，字缘督，号又痴，以父荫官中书舍人，卒年三十六，人称其有父风。

五六　苏书石刻之最早者

至和丙申季春二十八日，眉阳苏轼与弟苏辙来观卢楞伽笔迹，东坡二十五字在成都东门内大慈寺。丙申是至和三年，是年九月改元嘉祐矣。是时坡公年廿一岁，子由年十八。海内苏书石刻，莫先于此。

五七　京口学宫麟凤二碑考

京口学宫麟、凤二碑，麟图一碑，是乾隆年间重刻。凤图尚是南宋原石，有乾道、嘉定二跋，而名字不可考矣。跋有云：取汉碑二图刊之。按：此碑在乾道时，正洪文惠初刻《隶释》时也。《隶续》有山阳《麟凤碑》，米元章有诗题之。汉碑有麟、凤者尚多，而《隶续》所图麟、凤碑云：各以二字题其上者，此为最肖，则犹是汉碑遗意也。

五八　南宋《星凤楼帖》考

南宋《星凤楼帖》，淳熙三年尚书赵彦约勒于南康军。《郡斋读书附志》均作曹彦约。《闲者轩帖考》依之，无人知为赵彦约矣。彦约《宋史》无传。《世系表》有二：一为公庆子，一为公荆子，此不可以悬断。

五九　信州唐碑

信州发土，得唐碑，乃妇人为夫所作。姓曹名因，字鄙夫，妻周氏。其文大略以死生聚散无足忧喜为言。容斋以为能文达理如此。见《三笔》。

六〇　焦山浮玉崖重刻之《瘗鹤铭》

焦山浮玉崖上重刻《瘗鹤铭》，昔人以为宋刻。米老观鹤铭题字，即在其下。书为辛未孟夏，江水已涨，或即观崖上所刻者耶。

六一　颍上本《兰亭》

颍上本《兰亭》，元人所刻。思古斋主人姓应名本，与子昂相接赏，求其临写《黄庭》《兰亭》各一卷。而原帖遂刻于思古斋，不补填残缺字。此宋以来翻本所绝少者，不知何缘入井出井，遂有疑为唐摹者，岂非传闻多误耶。见《一亭杂记》。

六二　帖木迭儿罢磨金太祖碑刻文

元帖木迭儿欲磨金太祖碑刻文，颂己功德，天文郎王弘钧止之曰："古碑遗迹存之，国朝盛典也。"帖木迭儿乃止。

六三　黄秋盦所得汉庐江太守范巨卿元拓本

黄秋盦得汉庐江太守范巨卿元拓本，泰安赵相国故物，有元内府都省书画之印。

六四　颜书《朱巨川告身》与宝颜堂

颜书《朱巨川告身》，停云馆刻。其墨迹先归陆全卿。陆后归陈眉公，眉公之宝颜堂所由来也。

六五　五字不损本《禊帖》及汉厉王墓碣残石

高邮金雪舫《扬州感旧》诗云："水湿兰亭非赝本，沙沉兕郁显幽光。"（五字不损本《禊帖》，为汪容甫藏。周卣为阮文达公藏。）"丝竹听来中殿石，琵琶弹出状元山。"（汉厉王墓碣残石，今在文庙。）

六六　华山碑

华山碑，商丘本缺十字，华阴本缺九十七字。

六七　翁方纲《〈天际乌云〉收藏世系表》

《天际乌云》收藏世系表　　覃溪。

宋濠守侯德裕侍郎（臬）；

南宋王介石虎臣；

元博士柯敬仲九思；

元义兴王子明光大；

明张文翔；

明吴史明古鉴（曾摹刻）；

明携李项墨林元汴（轴改为册）；

明墨林第三子项复初又新；

明祝世美芷林；

明韩太史存良；

翁深原；

宜章典史之弟；

山左吴君。

苏斋主人翁方纲（虞道园、柯敬仲、张伯雨、倪云林、马孝常治、陈汝同、董思白）。

六八　明董所颜书刻石三种

詹事府祐文祠，董文敏所颜，崇祯十一年戊寅，《重修碑记》一石，《种松记》一石，《坊局题名》一石。

六九　《大观帖》重刻本

《大观帖》重刻本：

晋藩宝贤堂本。（更移卷次，第一卷有《鹘不佳帖》，第二卷末有《裹鲊帖》，皆晋藩所增。）

丹阳孙氏本。（明弘治间，《丹阳县志》，新托文休承、章简甫辈，以李伯玉银台所藏第二卷摹刻。）

董文敏刻本。（十卷全。）

快雪堂本。（二、六、七、九内抽刻。）

七〇　欧阳修集金石文字

欧阳文忠自言："为童儿时，学庙堂碑，刻画完好。后二十年，得一本，则残缺如此。因始集录前世遗文而藏之。盖十有八年而得千卷。嘉祐八年九月廿九日也。"按：嘉祐八年癸卯，欧公年五十有七。由此上溯十有八年，则公之初集金石文字，盖在庆历五年乙酉，年卅九岁也。由此再上溯二十余年，则天禧三年，欧公年十三岁，正合童儿学书之语。

七一　《毗陵唐氏十三行》

《毗陵唐氏十三行》，名噪宇内。有从孙氏元晏斋本仿佛得之。盖以吴门周丹泉笔制定窑鼎事为比也。《韵石斋笔谈》叙唐氏白定炉事最详，但云凝庵太常之孙君俞，宝藏真者，遵太常戒，不轻以示人。其淮安杜九如所得，复归于王廷理者，为黄石苍头所堕裂。及潞藩购自廷理，折足沉江者，皆赝鼎耳。至其真则仍在唐氏，姜亦未之知也。因仿此帖，附记。

七二　宋《甲秀堂帖》

宋《甲秀堂帖》（庐江李氏刻，前有王颜书诸帖所未见，后有宋人书，今吴中有重摹者）；

华氏《真赏斋帖》；

《金陵王少冈家刻》（《栗叶斋帖》，或曰《柿叶斋帖》，亦佳）；

《吴江村家刻》（《余清斋帖》，《续余清斋帖》六卷）；

《松江顾二王帖》（八本）；

王损斋《郁冈斋帖》；

眉公《晚香堂帖》；

《瓜洲俞孟武刻》；

严文懿公《读书堂帖》；

刘雨若《翰香馆帖》。

七三 《阅古堂帖》与《世彩堂翻淳化绛帖》

韩侂胄《阅古堂帖》，其客向若水所摹。贾似道《世彩堂翻淳化绛帖》，其客廖莹中精于摸拓，王用和工于刻石。二帖皆精。《阅古》十卷，侂胄诛后，籍入内府。嘉定末年，始改《群玉》。首卷南渡后帝书，二、三、四晋、隋、唐帖，五卷后尽是宋人书，罕见全刻。

七四 倪云林书

城中卖书王老者，有碧笺打弁阳老人自铭石刻，倪云林书。

七五 明《集雅堂墨刻》

明《集雅堂墨刻》六册，天都程圣卿（尚赞）集楷，万历丁酉。

一册 永寿姜立纲白石；

二册 王撰题；

三册 王世懋墙东居士；

四册 辛未清和太仓吴暻题；

五册 金伯王临王雅宜书（金元宾之配王氏也，《左传》

妇以夫姓为姓,以己之姓为名。);

六册　末有八分隶云:万历丁酉,新安黄奇勒于集雅堂之东斋,无勇(小印)。

卷四　书籍

一　宋刻《春秋透天关》

《春秋透天关》十二卷，署宋省魁南安军山长晏兼善撰，元刊本，每半叶十四行，行二十二字，黑口，双边，真罕见之秘笈。《四库》收入存目。只从《大典》辑得四卷，定为元人，而谓其书为场屋而作。如解元年正月云，若就春字正月上用工，则春者天之所为。圣人记人道之始，全以天道人道立说亦可云云，正是此书，四卷则不全。此书系书肆所刻本，为场屋而设，《经义考》云："二卷未见。"又云："《菉竹堂书目》有之，不著撰人名氏。"《补元艺文志》有杨维桢《春秋透天关》十二卷，《东湖丛记》止见残元本卷三卷四二卷。昔人止见二卷，遂为之二卷，皆因未见本书。此书实系宋人撰，元书肆刊，为场屋而设，共十二卷，止《千顷堂书目》所载不误，惜晏兼善仕履无考。

二　元戴表元《剡源集逸诗》

元戴表元《剡源集逸诗》一帙，从何义门校本录出。黄荛圃跋亦过录，当补刻。

三　《太上黄庭内景玉经》

《太上黄庭内景玉经》一卷，《外景经》一卷，唐梁丘子注。附《五脏六腑图》一卷，唐胡愔撰。按：《唐书·隐逸传》："白履忠，汴州浚仪人，号梁丘子，景云中，为校书郎，弃官入道。"《崇文总目》、宋《艺文志》均载之医书类。又有《黄庭内景五脏六腑图说》一卷，唐女子胡愔撰，即此图也。郑樵《通志》两载：一为梁丘子，一为白履忠，则重出矣。此经为晋人所撰。白履忠、胡愔皆唐人，可宝之至。万历癸未，乔懋敬刻之，程应魁书，甚精。末有王圻跋。版心有"黄鹤楼雕"四字。

四　陆元大用宋刻翻雕之书

《李翰林别集》《晋二俊文集》《花间集》，苏州陆元大各用宋刻翻雕，形式古雅，今亦视之同宋本矣。考《夷白斋诗话》，陆元大，洞庭涵村人，性疏懒，好远游，晚岁业书，浮湛吴市，尝刻漫稿，中寄余诗云："尝记寻君过浒墅，竹青塘上唤青桡"，盖纪实也。然则元大书贾之能诗者。

五　徐健庵《一统志》之校缉题名者

《一统志》，徐健庵开局洞庭，校缉题名者十有四人：德清胡渭，无锡顾祖禹子士行、秦亲，晋江黄虞稷，山右阎若璩，太仓吴暻、唐孙华，常熟黄仪、陶元淳，钱唐沈佳，仁和吕澄，慈溪姜宸英、裘琏。

六　以五行分类之《宫史》

《宫史》五卷，分木、金、水、火、土。木内臣执掌，金大内规则，水内臣服佩，火饮食好问，土有版经书。

七　颜桐孙不识祖先手稿而卖之

《分甘余话》云："每见人家子孙，留意祖父著述手泽，往往不能得。"近见姚文僖文田、严铁桥同撰《群书引说文疏证》稿本，均手稿，加签满纸，其孙彦侍方伯交余家定，前后嘱同事吴枚升写精本，后又嘱郑伯更添甚多。予颇不为然。有引用嘉、道时未出之书，不如用原本。遂未及付梓而方伯没矣。彦侍之孙桐孙，将家藏书籍售之京师图书馆。手稿一次，清稿二次，清稿皆在焉。书单题曰"钞本"，不知其高祖手泽也。圣常、雪逸、彦侍、公蓼钞校各书，一并弃之矣。

八　手书《渔洋续集》

《渔洋续集》盛诚斋符升荐常熟黄子鸿(仪),多见宋刻,独工此体,因礼致之,自首至尾,皆其一手书也。

九　明代志书佳者极多

明代志书,佳者极多,嘉靖赵时春浚谷《平凉志》,成化《三原志》,万历《朔方新志》,崔浚(后)渠《安阳志》,章枫山《兰溪志》,马应龙《安邱志》,邢子愿《武定州志》,史莲勺纪事《介休志》,永乐《颍川郡志》,皆佳。汪来之《北地志》,胡子泉之《秦州志》,乔三石之《耀州志》,王渼陂之《鄠志》,张光孝之《华州志》,马慥之《同州志》,刘九泾(经)之《郿志》,皆渔洋所称许。然《武功》《朝邑》笔墨简括,生动则有之,实非志体。

一〇　《爱(受)宜堂宦游笔记》

《爱(受)宜堂宦游笔记》,满洲纳兰常安履道(坦)著。

一一　钱受之哀毛子晋后人不昌

廿九日,毛子晋邑中富人也,乱时曾有小德于予家。往年死，予不吊，是日葬于戈庄，因一行，以尽故旧之情。然子晋尚以财自豪，今诸子又不逮，将来毛恐不昌矣。嗟乎！（钱受之书于校范书上。）

一二　南宋初诏献书者补官

《挥麈前录》："太上南渡，诏献书补官者凡数人。秦熺提举秘书长，奏请命天下专委守臣。又有旨录会稽陆氏所藏书上之。今中秘所藏之书，亦良备矣。"陆氏故秘阁陆宾，宾，农师之子，宰之弟。《朝野杂记》："绍兴初，有言贺方回子孙鬻故书，上命有司市之。洪玉父为少监，言芜湖僧有蔡京所寄书籍，因取之以实三馆。五年，大理评事诸葛行仁献书万卷于朝，诏官其子。"

一三　王安石曾孙重刻《荆公集》

《宋稗类钞》："王荆公受赐玉带，号'玉抱肚'。绍兴中，王之曾孙珏复进入禁中，珏即重刻《荆公集》百卷，珏之昆弟集刻于绍兴辛未。"

一四　《西汉定安公补记》巧用《春秋》之义

《吴师道礼部集》有云："江阴赵彦卫作《西汉定安公补纪》，首书元年，四年书策令孺子为定安公，五年至十八年，每年书公在定安，窃《春秋》‘公在乾侯’之义，亦美矣。”按：孺子婴宣帝文孙，楚孝王孙，广戚侯显子，汉之近亲，非吕后取他姓子比。

一五 《张说之集》

《张说之集》，伍氏龙池草堂本，刻自嘉靖间。《四库》从《大典》钞补五卷。朱子涵刻之。

一六 元刻增广本《许丁卯集》

元大德丁未刻《许丁卯集》，首叶“增广音注唐郢州刺史丁卯诗集卷上”，次行“刺史许浑字用晦撰”，三行“信安后学祝德子订正”。首行占二格，加宽边双线，他本少见此式，每半叶十行，每行十九字，与海源阁所藏同。钱遵王云：“增广本多一百余首，比宋本略胜。”

一七 明刘成德校本

明监察御史河中刘成德、刑部中江都萧海校正，见于目录者，《韩君平诗集》五卷，《钱考功诗集》十卷（《海源阁目》），《王建诗集》八卷，《张司业诗集》八卷，《李嘉祐集》五卷（《士礼居跋》），《卢纶集》三卷（《汪振绮目》），《耿园集》六卷，《郎士元诗集》六卷（《适园目》）。镌刻极佳，藏书家甚重之。惟不遵旧式，妄为分体。明人恶习，大约不止八种。亦无全目，刻在正德朝。又有《唐三武诗》，武平一、武三思、武元衡，亦刘成德校。

一八　赵寒山刻《玉台新咏》与宋刻本之异

赵寒山《玉台新咏》，崇祯六年刻本。镌本古雅，书估（贾）往往抽去后序，冒宋原本，即士大夫亦信之。其实宋本每卷之末《玉台新咏》卷○，下注诗若干首，字数不一，均与寒山本不同，一望而知。卷七"梁武帝"作"皇帝御制"，以此集撰于武帝朝，"简文"称"皇太子"，"元帝"称"湘东王"也。

一九　明人选定之宋学士《文粹》

明宋学士著作最富，《潜溪集》元时已盛行。入明，刘伯温选定为《文粹》十卷。门人方孝孺、郑济等又选《续文粹》十卷，皆孝孺与同门刘刚、杜静、楼琏手自缮写，刊于义门书塾。丙戌岁，钱谦益于内殿见之。孝孺名皆用墨涂乙。盖建文革除旧禁也。此书今在莫楚生处。

二〇　"莆阳拗史"——《兴化府志》

莆田周梁石（瑛）与黄太史仲昭，同修《兴化府志》，议论间有不合，自谓"莆阳拗史"。

二一 《夷坚志》考

黄荛圃藏《夷坚志》支甲一至三卷,七、八两卷,小字棉纸宋本。又支壬三至十共八卷,支癸一至八,竹纸大字宋本。今见明钞支甲、支乙、支景(正本作"丙",此避作"景",小序言之)、支丁、支戊、支庚、支癸七十卷,三巳、三辛、三壬卅卷。即以小字大字校过,而支壬三至十三卷则未见。荛圃以黄笔校支甲五卷,以墨笔校支癸八卷。予得明姚江吕胤昌本,分十干,一字一册。与《四库》书所收者合,所谓支志五十卷也。又与巾箱本合,所谓坊本二十卷也。然中脱去一百零三条,又支戊九、十两卷。予书破损不补,而目与黄本合。因以补完巾箱本,只"雷斧"一条,余悉不同。然决非伪本,亦附于后,此后支壬之八卷,未知能见否。

二二 六朝人多以十卷为一帙

六朝人多以十卷为一秩(帙)。其不盈十卷,自为一书,亦称一帙。见《金楼子·著书篇》。

二三 宋临安府刻本最驰名者

书铺见于宋临安府者,以陈解元"书棚本"最驰名。又有太庙前陆家印行。

二四　叶松根注《十砚秋江集》

《炙砚琐谈》："闽县叶松根（梦荃），壬午举人，尝注《十砚秋江集》，援据博赅，比于惠定宇之注渔洋。现刻《秋江集注》，为王必瑞（元麟）撰。并未言叶注，想久已失传。王注于事实甚详，古典不知如何，亦是佳注。"

二五　宋椠《论语》辨

湖州书贾，携宋椠《论语》半部，无注，旁批小楷，类欧阳率更，颇多别解。如"晏平仲善与人交，久而敬之"，谓平仲善交，故人久敬。"君子周急不继富"，谓时谚语。"以能问于不能"五句，谓圣学科条。卷首印二，朱文"觉轩手泽"，白文"治平进士"，则此本在集注未出以前。余按：印文入书，宋末元初始有之。北宋治平间何得有此？

二六　方望溪为书而未成

方望溪采当代质行者，为闻见录，寥寥数人，未能成书。

二七　《世说新语》等宋刻本之异称

《北堂书钞》，旧钞本有作《大唐类要》者，有作《大唐类范》者。《世说新语》,宋椠本有作《晋宋奇谈》。《云仙杂记》,宋刻本作《云仙散录》。

二八　江阴刻书及江阴人在外之刻书

江阴刻书:宋天圣七年,江阴军学刻《国语》韦昭注;乾道三年,刻《高丽国经》,徐兢撰,其从子蒇权发遣江阴军,主学事,刻于江阴,留板郡斋;明涂祯在江阴刻《盐铁论》,云嘉泰本,得之江阴;正德间,江阴陈沐刻《对床夜话》五卷。江阴人在外刻书,宋耿秉刻《史记》,丘宋卿刻《吕氏家塾读诗记》于江西漕司。正德丙午,罗一峰仲子干署江阴教谕,刊《一峰先生集》十卷。

二九　成化间苏廷茂守韶州时刻书

成化间,苏廷茂守韶州,曾刊《曲江张先生集》二十卷、《武溪集》二十卷于郡斋。

三〇　《敬业堂文集》书后

《敬业堂文集》陈氏敬璋书后云:"右《敬业堂文集》二册,为查太史初白著。先生一生精力,注意于诗,而文不多作。复自不收拾,所存绝少。是编只百首,不类不次,盖其孙岩门所搜访而汇录者。敬璋悉心校订,厘为四卷。文原本经术，发为文章，主于理明词畅，深得欧、曾法度，可不珍惜而善藏之乎？”

三一 《敬业堂精华录》

《敬业堂精华录》十六卷，查有新字铭三撰，诸生。

三二 毛刻书不洽人意处

毛刻《晦庵题跋》三卷，以东坡《与林子中帖》前尚有一卷。毛刻书沿明人陈眉公等气习，种种不洽人意。如刘后村仅刻前集四卷，又杂入后集两条。《容斋题跋》是作伪，并未见《容斋全集》。

三三 庾传美为三川搜访图籍使

庾传美为三川搜访图籍使。

三四 彭甘亭《澜翻札记》之高深

读彭甘亭《澜翻札记》二卷，经学甚深，不亚臧在东、顾千里，但不肯标榜耳。《经岐臆案》惜未见。

三五　《小石山房丛书》无异书

《小石山房丛书》，所收无异书，止《顾虞东文集》《明诗综》《晓梦楼随笔》尚可阅。

三六　王渔洋请重修经史

康熙二十二年，王渔洋为祭酒，请重修经史，得旨允行，即监中明万历刻，修理讫，亦曾见印本。

三七　《陶隐居集》

《陶隐居集》三卷，明嘉靖中赣人黄汝霖吏部（德）刊于虔州，有汝霖序及吉郡胡直序，宋礼部侍郎王钦臣所辑，此本罕见。

三八　陆游《南唐书》穴砚斋钞本之时代

陆游《南唐书》，穴砚斋钞本，旁有虞山钱遵王藏印，是在遵王之前明甚。叶缘督《藏书纪事诗》云成容若，则误甚。容若曰珊瑚阁，凯功曰谦牧堂。

三九　宋代印书越纸在襄纸上

宋时刷印书，越纸在襄纸上。见陈后山《论国子监卖书状》。

四〇　《云谷编》与《文信国全集》均佳

郑谷《云谷编》，分宜重刻之，以其为乡人也。嘉靖乙未，嵩自序，言得之吴中王文恪家，与鄢懋卿刻《文信国全集》均佳。

四一　唐武宗时写本《令狐补阙毛诗音义》

有解梁得《令狐补阙毛诗音义》，是会昌三年写本。诗云："偶收毛郑古音义，认得欧虞旧笔踪。"

四二　阎若璩《潜邱札记》

阎百诗《潜邱札记》，其书乃一杂稿，精确处不亚《日知录》。首卷是摘本，其子咏刻。但不知编辑之法，所以《日知录》风行海内，此书未曾续刻，甚为可惜。《四库》收吴玉搢写本，称其稍有条理，而文澜阁无是书，遂无钞处。荃谨就眷西堂本略为改定，而删其直钞各书不加论断者、重复者。一《释地余论》，二《丧服翼注》，三《日知录补正》，四书跋，五书序，六启，七书。诗赋非所长，左汾诗则更陋矣。

四三　阎若璩《博湖掌录》及《碎金》

百诗著作，尚有《博湖掌录》，未见。又徐健庵集百诗考据议论，录之成帙，署曰《碎金》，以为谈助。此书若在，当胜于《潜邱札记》。

四四　和刻《礼记注疏》

和刻《礼记注疏》，有和致斋自跋，他本多撤去。此书亦武英殿刻本（见《春融堂集》）。和刻亦只六十三卷，过惠校耳。惠校原书七十卷，今由盛伯希家散出。

四五　宋十行本《周易兼义》及《略例》《音义》之流传

《周易兼义》九卷，《略例》一卷，《音义》一卷，宋十行本，流传至今，大都三朝补版，阮文达刻入《十三经》者最陋，既无《略例》，又缺释文。瞿本《略例》亦缺八卦。盛愚斋藏本，正德补上三十九叶，各种无缺。刘翰怡、袁寒云两家所藏，一叶未补。刘本余亲自校过，并与补叶有异，尤为难得。袁本未全见，不知有疵类否。

四六　《陈迦陵集》之两刻

《陈迦陵集》有两刻：一其弟子万，一其后人望之方伯，已在乾隆末年矣。子万刻诗，多被征以后之作。闻有《射雉集》，又有《湖海楼集》，均与后刻不同。子万刻词三十卷，望之刻十八卷耳。

四七　毛子晋钱遵王书籍皆归季沧苇

毛子晋家书籍，其后人不能守，皆卖与季沧苇。牧斋之子，河南永城知县。上官时，尽以其零书与遵王。遵王亦归诸沧苇。沧苇之目，刻入士礼居，可信者甚多。然亦有杂糅者，如元板《四书大全》是也，或钞胥之误。沧苇赃吏，初任兰山，得数十万。河东巡盐，又得数十万。狼藉声名，纵恣嗜欲，身后即萧条矣。

四八　徐果亭警言

徐果亭言："学问不在多积书，然书可以备查考。书亦不必求宋板，然宋板可以资校对。"

四九　宋李雁湖笺注《王半山诗》每刻愈下

宋李雁湖笺注《王半山诗》，海盐张氏刻者，乃元刘辰翁节本，失雁湖本来面目。辰翁评点张刻，以为品藻甲乙，容有未当，并芟去之，则又失去辰翁本来面目矣，惟略胜宋牧仲刻《施注苏诗》耳。

五〇　古书两重排列者易招误解

古书两重排列者，皆先将上一列顺次排讫，而后及下一重。后之人误以一上一下读之，致改两重为一列，失本来次第矣。《后汉书·马武传》后，载《云台二十八将》，昔人颇多致疑。薛季宣、王伯厚始从而正之。《史记正义》所载《谥法解》，亦本是两重改为一列，文多间杂，亦当改正（汉碑阴及六朝均如此）。

五一　山东人刻《金石录》之误

山东人刻《金石录》，于李易安后序"绍兴二年玄黓壮月朔"，不知"壮月"出于《尔雅》，而改为"牡丹"（《日知录》）。

五二　宣德年有“怀才抱德”科

海昌朱禋与诚，宣德中举“怀才抱德”科。

五三　《古文轨范》《岱史》之分卷

谢叠山选《古文轨范》，以“王侯将相有种乎”七字分卷。查绍庭（志隆）《岱史》七册十八卷，以“质诸鬼神而无疑”分册。

五四　以《千字文》记数始于宋末

唐以前未有以《千字文》记数者，即姚铉之《唐文粹》，犹用甲乙丙丁分部。夹漈郑氏始以《千字文》入之“小学”，用以记数，恐始宋末。

五五　明刘三吾奉敕为《孟子节文》

洪武初，翰林学士刘三吾奉敕为《孟子节文》，总一百七十余条，前有三吾题辞，刻在南京国子监。此书之外，科场不以命题。图书馆有十余部，内阁书也。

五六　明《左传杜林合注》

《左传杜林合注》五十卷，明闵光德宾王撰。

五七　《杭双溪先生诗集》刊刻绝佳

《杭双溪先生诗集》八卷，弟允卿洵重刊，晋江王慎中序，嘉靖乙未刻本，字形绝佳。

五八　古简策之制

三代藏书，皆在方策。《书序》正义引顾氏曰："策长二尺四寸，简长一尺二寸。"《聘礼》疏引郑君《论语序》："《易》《诗》《书》《礼》《乐》《春秋》皆二尺四寸，《孝经》谦半之。《论语》八寸，策者三分居一又谦焉。"此古策简之制。

戊子江南乡试，以"夏五"命题。有卷云："春秋策每行十九字。"盖以"十有四年春正月，公会郑伯于曹，□无冰，□夏五"，共十七字，合两空格。"月"字在次简之首，故至脱落。闱中以为新颖而获隽。考服虔传《春秋》，称古文篆书一简八字，非十九字（尚书家云，每行一十三字）。大约古文木简，不能多书，十九字太繁重矣。

五九　刻竹书帛之始

炎汉初兴,书皆竹帛,班孟坚所谓"篇,竹书也,卷,帛书也"。竹册书则用刀刻之,灭则削之(后汉末,韩馥以书刀自裁,是时尚有书刀),点之以漆,涂之以青,竹册木册,削之使方,以韦贯之,翻久即绝,所谓"韦编三绝"也。帛则以笔书之,笔之制始自蒙恬。汉孝成帝时,宫中出小赫蹄,即纸也。后汉始有以纸书者,皆以卷计。

六〇　梁大通大同年所写书卷

梁代有大通、大同年所写书卷,末有校书沈长文、孟宝荣署记。

六一　陈代校书拙恶

陈代有大(太)建至德年所写书人权端、胡琛、李爽、戚邕、虞综等校,皆短幅黄嗉纸,文字拙恶,书尾官名微位卑,多不审定。

六二　齐周书纸墨及为学特点

齐、周书纸墨亦劣,或用元魏时自反为归;文子为学,欠画加点,应三反四。

六三　隋代旧书最为丽好

隋代旧书最为丽好,率用广陵麻纸缮写,皆作萧子云书。书体妍妙可爱,有秘书郎柳调、崔若孺、明余庆、窦威、长孙威德等署记。学士孔德绍、彭季璋、李文传、袁公直等勘校。

六四　镂板兴而传录亡

唐以前,凡书籍皆写本,未有模印之法。藏书之家亦众,士大夫皆转相传录,习为故常。至冯道始奏请镂板印行,自是刊镂益多。人惮于传写,遂相率购诸市,而借书之风亡矣。

六五　唐代写书

《文思博要 · 帝王部》一卷,唐类书也。所引书内《蓟子》《慎子》《尸子》及《三略》《阴符》,及《文选》内诸事皆在焉。又有苏子数书,不知何人,皆古书也。天宝十二年,背书臣胡山甫,字极遒丽,大率如唐人写经手。至唐大中年间,方自馆中杂书中拣出,是时亦止存一卷而已。后用史馆新铸印,及列掌典之人及三校姓名,甚整齐。赙卷皆绍圣间人题跋,如蔡元长、周美成、晁说之、薛绍彭诸人,皆在焉。

六六　唐吴彩鸾《切韵》

又有吴彩鸾《切韵》一卷，其书一先为二十三先、二十四仙，不可晓，字画尤古。

六七　汲古阁本诸经行文格式

汲古阁本诸经，皆每篇第一行顶格，至次行以下皆低一格，盖明朝坊本时文之俗例也。《仪礼》则每节除第一行外，以下无不低一格者。《礼记》每篇中之每节，另起一行顶格，其二行以下皆低一格。《尔雅》则释诂、释山之类，皆每条顶格，甚不画一。此例甚不妥，不如经文皆顶格为是。敖氏本每篇记文，皆与正经一样顶格。丧服之传文亦然，如此方是。

六八　《卫氏集》所引之"疏"

《卫氏集》所引之疏，以对诸本疏甚好。盖取据者古本也。

六九　宋董彦远《画跋》之传刻流变

宋东平董彦远《画跋》六卷，《津逮》编入目录而未刻，流传只有王氏《画苑》本。《四库》所收为元至正乙巳华亭孙道明钞书(瞿氏钞本亦从此出,卷六末缺字同)。明嘉靖壬寅刻本刘大谟序、杨慎跋者,早已稀如星凤。馆中有明人蓝格钞本,有“古林曹氏收藏印记”,有“天然图画楼收藏典籍记”,分书两行,一印朱文,末有“书不遍读而多藏,是余之愚也。藉以禔身而致用,固愚之志也。爱我者亮之,毋久假而不归。后之人其念之,当守而勿替也。文石氏识。”正书五行(此朱太史文石跋)。一印亦朱文,在曹氏之前,书与刻本仿佛,而有朱墨二笔校改,字则极精彩。

七〇 《律心》

晁志有《律心》四卷,纂《刑统》纲要为之,而未详撰人。何愿船之《律心》百卷,即本于此。

七一 古人制作名集各存深意

古人制作名集,编次多出于己,各有深意存焉。或身后出于门生、故吏、子孙、学者,亦莫不然。周必大所识《欧阳文忠公集》,亦可见已。今人不知此,动辄妄意并䂖。编类前人文,如处州《叶学士文集》,又曰《水心文集》,曰《文粹》。江西文山先生前集三十二卷,后集七卷,览者当自见之。

七二 《诗经泽书》

《诗经泽书》，宜兴堵胤锡自牧著，钞本，见《愚谷文存续》。

七三 《枣林诗集》

《枣林诗集》，海昌谈孺木著，即撰《国榷》之人。

七四 陆冰修之著作

陆辛斋（即冰修）《带星堂初二刻》，世已罕见。诗有钞本三千余首，合诗余杂著共二十卷，附年谱二卷。婿即查初白先生。

七五 《西夏书》之卷次

海昌周松霭《西夏书》，《世记》二卷，《载记》五卷，《年谱》一卷，《考》三卷，《列传》四卷。

七六 陆冰修所藏书画遭火劫

海宁陆冰修先生家于洛塘，有楼曰“蜜香”，藏书万卷；阁曰“须云”，贮法书名画。顺治乙未仲冬，不戒于火，付之煨烬。悼以诗云：“劫火空群相，狂花幻有因。琴书千载后，风雨十年中。”

七七　《蓬庐文钞》

《蓬庐文钞》，周勤补著。

七八　《水墨斋诗》与《寒庵录》

《水墨斋诗》，荆溪黄柿庵著。《寒庵录》，荆溪陈景辰著。

七九　厉鹗陈嵩山均有《明诗纪事》

张秋水《高丽权韠石洲集跋》，有朱竹垞《明诗综》、厉樊榭《明诗纪事》，均未能采录。樊榭有《宋诗纪事》，复有《明诗纪事》，亦创闻。不知我友陈嵩山曾知之否？嵩山《明诗纪事》极精博，已刻至辛集。

八〇　《四书经疑问对》

《四书经疑问对》八卷，元董彝编，至正辛卯建安同文堂刻本。

八一　宋刻《春秋左氏经传集解》

《春秋左氏经传集解》,宋刻,十行,行十六字。(鹤林于氏家塾栖云之阁锓梓。)

八二　张伯雨《句曲外史集》所收挽诗

张伯雨《句曲外史集》中有魏国夫人管君挽诗,落句云:"千秋乡中名不没,墓有通儿书老银。"用欧阳通书母夫人铭事,夫人讳老银。

八三　《蜀石经》之考注

《蜀石经》有注,宋张奭有《注文考异》四十卷,惜不传。晁公武《蜀石经考异》,《朱子集解》间引之。今陈子重刻《毛诗外传》一卷,《仪礼》《周礼》各数叶,今归刘健之观察。

八四　万玉堂宋本《太玄经》及《曹子建集》

万玉堂宋本《太玄经》十卷。又《曹子建集》十卷,亦万玉堂刻。

八五　毛钞之精

《敏求记》:"《续考古图跋》,其图像命良工绘画,不失毫发,楮墨更精于椠本。"因思毛钞出名,亦以旧本书笔画饱满,不能如写本稍加留意,精采百倍。近年嘱丁顺林影写之《马石田集》《道园遗稿》《草堂诗余》,凤林书院本,见者推为不减毛钞。因有悟于《敏求记》之言。

八六　《西溪丛语》

《西溪丛语》,鵸鸣馆旧刻。按:陶诗《读山海经》第十二篇:"鸱鵸见城邑,其国有放士。"经云:"拒山有鸟,其状如鸱而人手。其音如痹,其名曰鵸。其名自号,见则其国有放士。"殆正、嘉间朝士之被逐者所刻。

八七　何义门校《水经注》
翁覃溪校《春秋繁露》

何义门校《水经注》于项刻本,翁覃溪过惠校《春秋繁露》于王道焜本。

八八　宋刊《东坡前后集》

宋姑苏居世英刊《东坡前后集》。

八九　明清松江人著《南吴旧话录》四种

《南吴旧话录》《五茸志逸》，松江明人著。姚春木《洒雪词》《王海客笔记》，松江清人著。

九〇　刘庭干以刻书著名

海岱刘庭干（贞）刻书著名，《侨吴集》有《谢刘庭干漕使馈肉诗》。

九一　《三朝名臣言行录》

《三朝名臣言行录》，后有王岩叟编《魏公别录》一则，《续通鉴长编》一则，淳熙五年五月十二日朝奉郎新通判庐州军州事赐绯鱼袋晁子闳谨题。此跋他本所无。

九二　宋元两刻之《内简尺牍》

李学士新注孙尚书《内简尺牍》十六卷，每半叶十二行，行二十字，小字二十五字，高六寸，广四寸，黑口单边。有作尚启一者，有作尚启者，有作尚几者，有作启几者，明陈白阳嘉靖壬午跋。翁覃溪前后两跋极其推重，然亦未言宋刻。止胡香海跋言应补庆元三年梅山蔡建侯行父序。盖庆元刻本，元天历庚午覆刻之。此盖天历本，字画细而劲，亦元人本色。

九三　宋本《灵枢经》

宋本《灵枢经》，前有绍兴乙亥锦官史崧序云："家藏旧本《灵枢经》九卷，共八十一篇。增修音释附于卷末，勒为二十四卷。"目录后云："原二十四卷，今并为十二卷。"首题曰"田经校正"，每叶廿八行，行廿四字，旧藏朱竹君、汪孟慈家，俱有名印，近出韩小亭家。

九四　徐星伯手批本《四六法海》

《四六法海》，有徐星伯手批本。

九五　潘伯寅藏宋本《梁溪集》

潘伯寅师宋本《梁溪集》，字大而印极精。即士礼居旧藏，惜不全耳。

九六　明初刻本《子苑》旧钞

《子苑》旧钞二十册，即《四库》底本，前有麦溪张氏、藉圃主人各印。所采子书，俱以别书订其异同，极为精细。与明人之卤莽者不同，遍查各家书目皆无之，然必明初人所为。分五门，备有子目，凡百卷。

九七　宋袖珍本坊刻《崇古文诀》

《崇古文诀》，宋袖珍本坊刻也。每叶廿二行，行廿一字，宋朝上皇帝书不空格，修板是黑口，前有宝庆丁亥姚瑶跋。

九八　元刻《松雪诗》

元刻《松雪诗》，每叶廿四行，行廿四字。

九九　宋司马光序道原《十国纪年》

宋温公序道原《十国纪年》，则不复志其墓，使羲仲即以序勒石，置之圹中。

一〇〇 《后汉书注又补》及《汉魏六朝二十名家集》

明《姚云东年谱》,沈竹岑(铭彝)著。竹岑又字纪鸿,官教谕,张叔未之姊夫,著有《后汉书注又补》,刻于广雅局。明汪士贤刻《汉魏六朝二十名家集》,一董仲舒,二司马长卿,三扬子云,四东方先生,五蔡中郎,六曹子建,七阮嗣宗,八嵇中散,九潘黄门,十陆士衡,十一陆士龙,十二谢康乐,十三陶靖节,十四鲍明远,十五谢惠连,十六颜延年,十七谢宣城,十八江文通,十九任彦升,二十陶贞白,廿一庾开府。余所藏又有《昭明太子集》,恐尚不止此。后刻小字本,则止二十家而已。

一〇一 《武英殿东庑凝道殿存贮书目》

《武英殿东庑凝道殿存贮书目》。

一〇二 陆敕先《玄要斋稿》

陆敕先有《玄要斋稿》,钝吟为之序。

一〇三 黄文旸《曲海目》之手钞本

黄文旸《曲海目》,后人重订,管芷湘手钞本。

一〇四 《敬亭集》

莱阳姜如农先生《敬亭集》十卷，旧刻本，前年谱二卷，黄周星、钱澄之序。鲁王以右司马召，以母老辞。王语垓曰："归语尔兄，君臣大义无所逃，固不以乡里之谊见我乎。"姜莱阳人，鲁王故以为乡里。

一〇五 宋本《月老新书》

昔年黄再同处，见宋本《月老新书》，以为前人未见之书。今见《小眠斋日札》云："《月老新书》十二卷，序文佚去。而引用绍兴以前故实，皆称'皇朝'，则南渡后村夫子所辑，酬应之书也。"

一〇六 杂书五种

涟川沈氏《农书》，周春《髦余诗话》，乌程温日鉴《拾香草堂集》，香水计楠《苹庐小箸》，常州褚余庆（容船）《毗陵杂事》。

一〇七 清管芷湘《待清书屋杂钞》

海宁管芷湘《待清书屋杂钞》四册，补四册，续四册，再续四册，补遗二册，附录二册，均咸丰、同治间所录。

一〇八 《汉魏音》首叶书名

《汉魏音》首叶书名，孙渊如分书豫部。“豫”读如成周宣榭灾之“榭”一条，《礼记》改《仪礼》手部“挟”读曰“朕”一条，当作“栚”，读曰“朕”。《三辅》谓之“栚”，关东谓之“持”。王御史（怀祖）云：“蒙匡”当作“篷匡”，《礼记》作“蘧”，《淮南》作“筥”。“扑”当作“栚”，“栚”古音近“塍”，盖南阳人读为“栚”也。

一〇九 明遗老《藏密斋文集》

《藏密斋文集》二十二卷，武进朱二采撰。二采字立人，号复亭。明季遗老，贫困不遇，以客授终其身。所为文多悲悯之思，亦明性道之学，虽博大未及亭林、梨洲诸君，而守先待后，隐以自任。《自题像赞》云：“一民饥，尔欲与之糜。一民寒，尔欲与之绨。石漏天穿，只手以持；大道久塞，决排者希。咨尔复亭，心殚力微，百年功罪，千秋是非。复亭为谁，江南布衣。”其抱负可知矣。

一一〇 东坡先生《寓常录》

东坡先生《寓常录》四卷，黄履道时中辑。年谱一卷，著述文字三卷,而以遗事附其后。书成于康熙四年辛巳。前有陈道柔及时中二序,仿昔人寓黄居僭等录、彭城寓惠等集而作,亦居是邦者不可少之书也(履道又著有《茶苑》)。

一一一 明刊岳岱《阳山志》

岳岱《阳山志》三卷,明刊本。

一一二 宋刊《史记》

宋刊《史记》二十九卷,每半叶九行,行十六字,高七寸三分,广五寸八分,单边白口,下有刻书人名。丁氏持静斋物,存《本纪》五、六、九至十二,《表》四、五,《世家》四至十、十八至廿四,《列传》三十九、四十、四十七至五十,共二十九卷(莫氏《经眼录》载之)。

一一三 毛子晋初字东美毛斧季一字省庵

毛子晋初字东美。毛斧季一字省庵。

一一四 《钝吟杂录》跋语

《钝吟杂录》,刻本绝精。犹子武跋语,刻目录后。其原稿云:

天下非无嗜书好古者也，然窃谓有二病焉：不识好恶，徒事涉猎，茫然不得古人要领，其病也愚；好翻驳古人，不惮诬圣非经，倡为奇邪以炫世，其病也狂。愚者病在一身，狂则病在天下后世，大雅君子莫能返也。仲父定远先生自少厌薄制举业，肆力古学，矻矻至老，每读一书，必求与古人精神吻合而后已。其于是非得失，非信而有征，不轻下一字也。尝见案头有少微《通鉴》，正色命武曰："昔人之事，成败已见，得失显然，不须更求翻案。凡为此者不过好立异论，冀免耳食之诮耳。读书须审时势，岂可但将正心诚意等语，妄断前人。此书及《致堂管见》以至近世李氏藏书之属，汝曹当如鸩毒远之。即闻欧公、明允、渔仲诸公之论，亦须细意斟量。"呜呼！斯言也，岂独为武也道乎？先生著书无定所，或书友人斋头，或书旁行侧理，以故殁后多散佚，武竭蹶求之数年于兹矣，仅得九种，编成十卷，题曰《钝吟杂录》，以先生尝自号钝吟老人云尔。《读书浅说》，病中嘱黄子鸿授武者，《家诫》则得于从弟行贤，《正俗》系女弟子董双成所寄（许广平小妓董双成、唐灵华从学书，自称门人），《日记》乃得于僧饮章行囊中，《严氏纠缪》参见诸本，今另为一卷，其余颇多亡失。有同嗜者，知必公之千古，不至如向子期注《南华》也。武向读《颜氏家训》《梦溪笔谈》《履斋示儿编》《容斋随笔》诸书，未尝不叹古人学问有功后来。今之斯编，尤多诸公未发，使读之者知古人之学自有入处。如康衢大川，一望了然，当不徒使下劣恶见蟠踞胸中,塞断正见也。武幼遭闵凶,愚钝失学,未能敬承前轨,谨略述所闻以及搜访之艰如此。己未仲春上浣犹子武记。

此《钝吟杂录》钞本与刻本不同,似乎洁净,故录于此。

一一五 《韵书》定于陆法言

《韵书》定于陆法言,广于孙愐。与法言同定者,范阳卢思道、兰陵萧该、狄道辛德源、河东薛道衡、临沂颜之推、沛人刘臻、著作郎魏渊八人。法言序云:"与仪同刘臻等,夜集论南北取韵不同。渊曰:'我辈数人,定则定矣。'遂把笔记之。"阎百诗曰:"魏、卢、李、辛皆北人。法言亦魏郡临漳人。李指散骑常侍顿邱李若,又见《崔儦传》。"按:唐郭知玄改并《五音集韵》序,萧、颜多所决定。则知此书虽参合南北,仍从南人决其疑难。盖自永嘉南渡,文献悉在南矣。世胄高门咸有家学,王融、谢朓相与创变。永明之体,亦未应全昧北音也。荀济入齐,邺下始传其音韵。高氏霸业之启,北士乃盛为文章。舍此,当时已无从取正耳。

一一六 《晋稗》

《晋稗》十卷,不知作者姓氏,魏稼孙手钞。内搜访金石为主,风景亦间及之。如猗氏唐长庆二年《翟方进墓表》,长孙僪撰。灵光寺有唐王勃撰碑。交城王山明昌二年《圆明禅院记》,朱澜撰,赵瓛书。又有湛然居士碣,惜胡中丞修《石刻丛编》,未见此书。

一一七　明金华《宋潜溪文粹》

明金华《宋潜溪文粹》,十卷,补遗一卷,明洪武八年刻本。每半叶十六行,行二十七字,高六寸,广四寸,黑口单边。中阑宽及六寸,象鼻之下"宋学士文粹卷〇"下记叶数,又加一线。毛刻《吴郡志》中《吴纪闻》仿之。首卷先生自书云:"余性不喜书,亦不能书,柏请之力,聊复一为之。时余年已七十矣,因记于卷首。"有"文彭之印"白文小印。卷一首叶有"文寿承氏"朱文方印,即《爱日精庐藏书志》所载,六至十钞补,刘基序。

一一八　《宋学士续文粹》及其序跋

《宋学士续文粹》十卷,附录一卷,明建文刊本。每半叶十二行,行二十四五六字不等。高六寸五分,广四寸,黑口双边。楼琏序,郑柏跋,均在辛巳,则建文三年也。亦《藏书志》所载。今录郑柏跋、林佶手跋。书虽明刻,亦不易得之秘笈矣。

洪武庚申,潜溪先生宋公有西蜀之行,手持所著文集未刊行者《翰苑集》《芝园集》各四十卷,以授柏曰:"付子斯文,其谨藏之。"柏及兄楷约同门友,(空二格)

选其精要者，得文一百三十三篇，诗赋三十首，缮书为《文粹》一十卷。今请于家长英斋伯父，命工应孟性等刊于义门书塾，以广其传。起首于辛巳年春闰月二十一日，毕工于七月二十日，凡历一百一十六日云。仰维先生德业文章，既已传播于天下，永被于四海，而其精粹纯一之文，学者未能尽见。是书之行，其可不与韩子、欧阳子之文并观也哉？门人郑柏记。

宋文宪公景濂所著《潜溪前后集》，皆刻于元至正间。其入明后，作《文粹》，为刘诚意所选定。《续文粹》为其门人方正学与同门刘刚、林静、楼琏手自缮写，而刊于浦江郑氏义门书塾也。钱虞山受之云："丙戌年曾于内殿见此集。正学氏名皆用墨涂乙"，盖犹遵革除旧禁也。然则是集不特可贵而又难得矣。佶曩受业于汪尧峰先生之门，先生以所为文嘱佶任编录。佶未见兹集也，而家有宋文宪之师元《黄文献公集》，字画行款皆精致。因仿其式以呈，先生极喜，复书郑重委托，而先生垂殁矣。越二年，书成，每怀古人事师终始诚一之谊。窃意义门所刊必有传于世者，何时得寓目偿所愿焉。今年夏，吴江徐虹亭先生游闽，数登佶书楼，见佶所跋《尧峰文钞》后语，因云："予行笈中有《宋学士续文粹》，子岂欲见之乎？"佶为踊跃不寐，翌晨赍书至，佶盥手展观，恍见诸君子聚录一堂，而佩服钦承之意，犹隐约毫楮间也。其书字画端谨，与《黄文献集》差相似，版间有缺补者十之二三。若正学父方愚庵先生墓版文及送方生还宁海与郑柏后跋，皆非旧刊。凡涉方氏者概不敢书名，第曰某某，即内府用墨涂乙之意也。佶肃观卒业，因跋其后，以寓景行之慕云。时康熙甲戌秋九月望后一日，鹿原林佶谨识。

一一九　宋刊《新刊诸儒批点古文集成前集》

《新刊诸儒批点古文集成前集》七十八卷，宋刊宋印本。每半叶十二行，行二十五字。高六寸三分，广四寸五分。黑线口单边，分十集。版心首叶末叶均作花。二叶作文前甲一，分十二。以十干为记，而自甲至癸皆称曰前某集，则固有后集也。南宋书肆本刻于理宗时。《文选》采五臣注、柳潘各宋本注，批点亦本《古文关键》《崇古文诀》等书，字画精绝，亦宋本之仅见者。

一二〇　《纂图增新群书类要事林广记》前后续外四集及别集

《纂图增新群书类要事林广记》前后续外四集，元刊本。别集，明刊本。每半叶十九行，行三十二字。高六寸四分，广四寸二分。黑口双边，次行西颖陈元靓编。印本极佳，五集俱全，尤不易见。

一二一 梅禹金焦弱侯赵玄度冯开之稽古雅事

梅禹金与焦弱侯、赵玄度、冯开之订约搜访，期三年一会于金陵。各出其所得异书逸典，互相雠写，亦快事也。

一二二 明义门郑氏藏书最多

义门郑氏藏书最多，永乐初进其十之四五，今内阁多有其本。徐天全所藏，盖多出此，予教徐之孙，尝见有义门印记，留之其子，散售狼藉，予贫不能买也，至今惜之（见《谭纂》）。

一二三 宋版《纂图增广皇鉴后集》

《纂图增广皇鉴后集》，闽川林驷德颂小宋板。

一二四 孙退谷《山居随笔》考

孙退谷《山居随笔》，系手书古今杂事及格言之类。丁酉是顺治十四年。盖筑室西山，自号退谷之第四年也。

一二五　明刘念台《再召记》

中书刘念台《再召记》,前后凡二条,皆崇祯壬午冬念台先生召对。《春明梦余录》止载其后一条耳。

一二六　清刻《闻川杂咏》及《闻川怀古诗》

《闻川杂咏》,清初蒋之翘石林撰。又有《闻川怀古诗》。闻川即王江泾,同里王明福份禄刻之。郭频伽《诗话》采其诗,以为有竹枝风调。并时有一乡一邑,有好名之士,辄欲为作小志。文献蔑如,人物罕觏,村谈俗语,流为丹青,驵侩屠沽,漫登竹素,可为闵笑。按:乡志杂咏,江、浙较多。西人推中国为文明,举此为证。江、浙以外少矣,何频伽转不以为然乎?

一二七　《流寇长编》

戴蓄耘野吴乔修龄著《流寇长编》,以一年为一卷,后有补遗。

一二八　元刘文贞公《藏春集》探伪

元刘文贞公《藏春集》,止有七律七绝两体词一卷,余以为不全。今春忽见旧钞《刘文贞公集》二十二卷，与《补元艺文志》所载卷数合。喜极，取归对读，方知其伪。取《遗山集》四十卷改编二十二卷，一字不遗，并未将《藏春集》散(收)入。因《元艺文志》载《藏春集》六卷，《刘文贞公集》二十二卷，是作伪之人在《补元艺文志》已出之后矣。

一二九　天一阁写本《东轩笔录》

天一阁写本《东轩笔录》十五卷，绵纸蓝格，字迹古雅。缺笔至“惇”字，原出于宋，明嘉靖前钞本也。孙莘如持以示余，余案头适有《稗海》本，取校一过，首脱一序，脱去三行，次序相合。又有一旧钞本，系高江村旧藏，而编次首太祖，次太宗、真宗、仁宗、英宗，略有次第。天一本杂出，转与《稗海》合，两本互有讹字，校正甚多。宋人著述，往往与同时人同记一事，或同或不同。即本书前后复载，亦复有异，须与正史折衷。魏虽曾布姻戚，提要以为回护荆公，略有巧诋，然大致尚公平也。

卷七“越州僧”条“先遣张裕”，卷六作“张竑”，两本同。

一三〇　明金台汪谅刻宋元古书目

明金台汪谅刻书，多翻宋、元善本。刻印皆工，藏书家多珍之。翻张伯颜本《文选》序，后有所刻书目，今录于左：

金台书铺汪谅见居正阳门内西第一巡警更铺对门，今将所刻古书目录列于左，及家藏今古书籍，不能悉载，愿市者览焉：

翻刻司马迁正义解注《史记》一部

翻刻梁昭明解注《文选》一部

翻刻黄鹤解注《杜诗》一部全集

翻刻《千家注苏诗》一部

翻刻解注《唐音》一部

翻刻《玉机微义》一部，系医书

翻刻《武经直解》一部，刘寅进士注

俱宋、元板

重刻《名贤丛话诗林广记》一部

重刻《韩诗外传》一部十卷，韩婴集

重刻《潜夫论》，汉王符撰一部

重刻《太古遗音大全》一部

重刻《臞仙神奇秘谱》一部

重刻《诗对押韵》一部

重刻《孝经注疏》一部

俱古板

嘉靖元年十二月望日，金台汪谅校正古板刊行。

一三一　江晋三《音学》十书

江晋三先生（有诰）著《音学》十书，余所见数部，目均不

同,录全目于左:

江氏小学各书总目:

《诗经韵读》四卷(前有凡例及古音总论)

《群经韵读》一册(不标卷数,自《易》至《尔雅》,凡九种)

《楚辞韵读》一册(附宋赋,不标卷数)

《先秦韵读》二册(不标卷数,自国语至秦文,凡廿五种)

《汉魏韵读》(未刻)

《唐韵再正》

《唐韵四声正》一册(不标卷数)

《唐韵》更定部份分:

《廿一部韵谱》(附通韵湾合韵谱,未刻)

《谐声表》一卷

《入声表》一卷(附《等韵丛说》)

《说文六书余》

《说文分韵谱》

《说文质疑》

《说文》更定部分:

《说文系传订讹》

《经典正字》

《隶书纠谬》

一三二　潘祖荫之印

吴县潘郑庵师汇装黄刻汲古、延令两目《百宋一廛赋》《藏书纪要》、自刻《竹汀先生日记钞》，作一函，朱笔、蓝笔、绿笔小字注于眉端，工整而有帖意，老辈作字不苟如此。首叶有“钦命知贡举”之关防一颗，盖辛未闱中所印者。又有“御赐钟镛建应钧天奏黼黻文承复旦华”双龙朱文印。次叶有“吴潘祖荫审定金石书籍印记”朱文方印，“烟云过眼分书”朱文方印，“红梨馆”朱文长印，“醉六室珍藏印”朱文方印。《竹汀日记钞》首叶有“潘祖荫”白文、“翰林供奉”朱文两方印，翻过有“郑庵”朱文大方印（三寸）。又有“书勿借人”朱文方印，“潘祖荫藏书记”朱文长印。《百宋一廛赋》首叶有“如愿”两印，一分书长方印，一篆书匾方印，均朱文。“说心堂”朱文、“郑堂”白文两方印，“佞宋斋”朱文、“小脉望馆”白文方印，“八求精舍”朱文方印，“龙自然室”朱文方印，“滂喜斋”朱文大方印（二寸半）。

一三三　汲古阁珍藏秘本书目

汲古阁珍藏秘本书目：

宋板：

《本朝蒙求》二本　（世间绝无）

《文公家礼》四本　（杨复附注，刘垓孙增注，与今世行本

不同)

《吴志》八本

《江阴志》四本

《旧闻证误》一本

《东京梦华录》一本

《芥隐笔记》一本

《容斋三笔》(七卷起)四本

《博物志》一本(蜀本大字,其次序与南宋板不同)

《医家图说》一本

《册府元龟》四本

《南华真经》五本

《韦苏州集》五本(大字)

《刘宾客外集》四本

《骆宾王集》四本

《孟东野诗集》四卷

《韩昌黎外集》二本

《白公讽谏》一本

《津阳门诗》一本

《陶渊明集》二本

《秦淮海集》八本

《岳倦翁宫词》《石屏词》合一册

《柳公乐府》五本

《花间集》四本

《龙龛手鉴》六本

《孔氏家语》五本(蜀本大字)

《史记》(蜀本大字)

《诗律武库》

《类说真本》首册

《东坡志林》

《永类钤方》

《毛子晋小传》云:“前后积书至八万四千册,构汲古阁、目耕楼以庋之。”此目闻系售于泰兴季氏之书单。内旧钞者注旧钞,不注者即毛氏新钞。而宋板止此卅二种,并无巨帙在内。学者弗执此一卷书,谓毛氏佳帙尽于此,则误矣。

一三四　延令宋版书目

延令宋板书目(下为黄荛圃所考其书之流传所在):

《周易》等八经　小板　涉园张氏有宋巾箱本九经。

《周易正义》十三卷　此书今归海宁查氏。

《纂图互注礼记》二十卷　今在涉园张氏。

《春秋经传》三十卷,《二十国年表》,《名号归一图》　此书今归内府。

《唐文粹》一百卷　同邑宋申樵有宋椠本。

《资治通鉴》一百卷,目录十六卷,考异三十卷　此书今归寿松堂孙氏。

《永嘉朱先生三国六朝五代纪年总办》二十八卷　曾见精钞本于郡城陈蘅皋。

扬子《法言》十三卷　涉园张氏有宋刊纂图本。

《汉隽》十卷　涉园张氏有元刻本。

黄伯思《东观余论》　曾见善本衬订四册。

《东汉诏令》一册　此书今归读史精舍。

《方舆胜览》前集四十卷，后集七卷，续集二十卷，拾遗附录　此《胜览》四集，不易见。七十卷本则多矣，南监本也。

《考古图》十卷，续五卷，附释文　读史精舍有元刻本。

高注《国策》三十三卷　曾见影宋钞大字本，有思适居士跋。

《农书》《蚕书》《耕织图》共一册　闻此书已入内府。

《酒经》三卷　曾见影宋精写本，有毛氏图记。

《道山清话》　曾见元刻本，金氏所见，今归读史精舍。

李焘《长编》一百八十八卷　同邑张氏有旧钞本，即竹垞藏本。

《隋书》五十卷　闻此书今归内府。

《梁书》五十卷　同邑张氏有宋刻卅六卷至五十一卷，即钤山堂藏本。

《史记》　读史精舍有宋宣和刊本八十册，得之海昌蒋氏。

《三国志》　闻同邑张氏有宋刻一部。

《新唐书纠缪》三十卷　闻此书今归内府，宋刻甚工。唐六如、徐健庵均有印记。

《唐书》二百二十五卷　闻此书今归内府。

《陶渊明集》八卷　硖川蒋梦花有宋刻本二册，即此书也。

《韦苏州集》十卷　读史精舍有南宋刻本，得之海昌蒋氏。

《张司业集》上中下三卷　涉园张氏有宋刻一部。

《王右丞文集》十卷　按：此是麻沙本，每半叶十一行，行二十字不等。

《监本纂图重言重意互注点校毛诗》　此书归内府，见《天禄琳琅》。

《郑笺毛诗》四本　曾见宋刊本于同邑黄湘波家，今归马二槎。

郭象注《南华真经》十卷　涉园张氏有板。

《晋书》　海昌马二槎有宋刻本。

《金壶记》上中下三卷　此书是宋板宋印，今归读史精舍。

《唐子西集》二十四卷　涉园张氏有东庄手钞一册。

《玉台新咏》十卷　涉园张氏有翻宋刻，罗纹纸印，即侃斋藏书。

徐度《却扫编》　当湖钱氏有宋刻一部，今在吟香仙馆。

王明清《挥麈录》　读史精舍有何义门太史手钞宋本。

宋元杂板书：

《书经注疏》二十卷　涉园张氏有元刊本，内有配。

《周易本义》二十四卷　余家元刻，有竹垞老人跋。

《诗经》朱熹集传二十卷　闻涉园张氏有元刊本，缺卷十六至二十卷，赵松雪手批。

《周礼重言重意》十二卷　此书今在吟香仙馆。

《四书待问》二十二卷　元板。

《尔雅注疏》十一卷　涉园张氏有元板。

《周易程朱传义》六册　元刊本，今归读史精舍。

钞本《春秋尊王发微》十二卷　曾见旧钞本二册于吴子士荣舟中。

元板《仪礼图说》十七卷　余有宋刊十行本，涉园张氏有元刊本。

《禹贡图说》　曾见宋刊本于小重山馆。

《唐书》二百五十卷　读史精舍有宋刊本，得之海昌蒋氏。

《南史》七十卷　曾见大德本。

宋元板《晋书》一百三十卷　海昌马氏有宋刊本，一本钞配。

《南唐书》三十卷　壬辰冬月，书友陶仲飞携元刻本求售，纸墨极精，读史精舍有此书。张芷斋据旧刻本校。

《吴越备史》　郡城金氏有旧钞足本。

《古史》　上海李氏、梅里沈氏均有宋刻本。

《陆状元通鉴》一百二十卷　同邑张冠伯家有宋本。

《纪事本末》四十二卷　同邑张氏、当湖胡氏均有宋本。

元板《宋史全文》《续资治通鉴》三十六卷　同邑黄湘波有元刊本，后售于马二槎。

元板《续资治通鉴》《宋季三朝政要》二十一卷　此书归读史精舍。

曾巩《隆平集》二十卷　同邑张氏有澹生堂校本。

元板陈桱《续通鉴》廿四卷　读史精舍有元刊本，得之同邑选桂堂书肆。

钞本《大金国志》四十卷　同邑张氏有旧钞本，朱竹垞手校。

《贞观政要》十卷　读史精舍有明内府本，得之博古堂书坊。

元板《国朝文类》　涉园张氏有元板，绵纸，廿册，钮氏世学楼藏本。读史精舍有元板，得之海昌蒋氏。

东莱《古文关键》二十卷　曾见宋刻本于同邑徐氏。

宋板《西汉诏令》十一卷　同邑张氏有宋刊本三册。

《名臣碑传琬琰三集》一百七卷　按：此书是明刻，今归读史精舍。海昌马氏有明刊本。

宋刻《圣宋文海》（不全）　闻此书归爱日精庐。

宋刻《播芳大全》　曾见旧钞本于郡城博古堂书坊。

宋刻《广韵》　曾见宋刊本于郡城博古堂书坊。

《汉隶分韵》七卷　涉园张氏有元刻本。

钞本《太和正音》二卷　曾见精钞本。

《六书本义》十二卷　涉园张氏有元刻本。

钞本《历代钟鼎款识》　涉园张氏有二部，一是旧钞，竹垞手跋。一是精钞，侃斋珍藏。

《六书故》十六卷　读史精舍有元刊本，得之海昌蒋氏。

宋板《荀子》　涉园张氏有宋刊纂图一本。

元板《列子》八卷　今归张月霄。

钞本《亢仓子》 涉园张氏有麻沙本，即王文禄藏书也。

刘壎《云庄集》 读史精舍有明黑口本，得之书友程殿扬。

《镡津集》 涉园张氏有宋刻本，少三卷。

《叶水心集》 有正统刻本，曾有钞本，得之上海李氏。

《谢叠山集》十六卷 所见明黑口本十六卷。又见时板十二卷，简明目录五卷。

《俟庵集》 曾见永乐本。

《铁崖集》五卷 曾得元刊本，四册。

《余忠宣公文集》 明刊本二册，见之郡城金氏。

唐《黄滔集》 淳熙三年刊本，明正德、万历俱有刊本。

《欧阳詹集》 李贻孙纂并序。泉州刊本佳。

《九灵山房集》三十卷 涉园张氏有物斋阅本。

《侨吴集》 曾见精钞本于郡城博古堂书坊。

《石田集》 同邑张氏有元刊本。

《黄文献公集》 元刻廿五卷，明黑口本卅六卷，时板十卷。

刘克庄《后村集》三十卷 涉园张氏有宋刊本，无党手钞补。

《太仓稊米集》七十卷 钞本在读史精舍，有宋刊目录一叶。上海李氏有宋本八册。

《穆参军集》 明黑口本四册。按：金氏所见本，今归读史精舍。涉园张氏有东庄钞本。

《罗从彦集》十七卷 元刊本，曾见之。

范浚《香溪集》 曾见元刻初印本于郡城陈氏。

皮日休《文薮》 涉园张氏有元板一部，册子纸印，祝子夏跋。

《秋涧集》一百卷 元板在武原张氏，明黑口本亦佳。

《方是闲居士集》 涉园张氏有元板。此书归读史精舍，有沧苇印记。

《周益公集》二百卷 闻郡城钱氏有宋刊本，半是宋刻，半是钞补。

《武溪集》二十卷 涉园张氏有宋刻本。

《郑侠集》 闻涉园张氏有十卷本，澹生堂藏书。

《崔与之集》 曾见明黑口本。

蒲道源《闲居从稿》二十六卷 读史精舍有明刊本，得之郡邑陈氏。

《白云集》五卷 涉园张氏有元刊本。

《道乡集》四十卷 旧刻本，今归张月霄。

《雪楼集》三十卷 同邑张氏有元刊本，曾见过明刻本。

《刘静修集》 闻同邑张氏有元刊本。

《蒲庵集》 曾见元刊本于郡城陈氏。

《选诗补注》八卷 余家有宋刊不全本，得之海昌蒋氏。

《韦苏州集》 余家有南宋刊本，得之海昌蒋氏。明有黑口本。

《西清诗话》 涉园张氏有旧刻，竹垞手跋。

《黄山谷诗集》 元刻本，有篆竹堂及道古楼印记。

《会稽三赋》 宋板，归读史精舍。

《事类赋》三十卷　曾见宋刻本。

《事文类聚》六集　曾见元刻本八十册于郡城芹香堂书铺。

《纪纂渊海》一百九十五卷　同邑张氏有元刻本一部。

《大唐六典》三十卷　曾见正德刊本于郡城鉴古堂书坊。

《金陀粹编》五十八卷　余家有宋刻本，即虞山蒙叟所藏。

《金石例》　元板止九卷，十卷未刻。

《埤雅》三十卷　曾见金刊本十卷于书友吴子隐舟中，惜多修板。

《金石文》七卷　闻涉园张氏有叶石君校本。

《元和郡县志》三十六卷　曾见冯孟亭手钞本于郡城三味堂书坊。

《长安志》二十卷　曾见精钞本于同邑黄氏。

一三五　结一庐书目

结一庐书目：

宋板：

《纂图集注文公家礼》十卷　宋刘垓增注，麻沙本，汲古阁藏。

《春秋经传集解》三十卷　阮仲猷种德堂本。

《春秋经传句解》七十卷　宋林尧叟，每半叶十行，行二十字二十三字不等，大小字同，季沧苇藏。

《五代史记》七十五卷　宗文书院本。

《两汉诏令》二十三卷　宋林虙楼昉撰。

《国朝诸臣奏议》一百五十卷　宋淳祐十年刊，每半叶十一行，行二十一字。

《通鉴总类》　每半叶十一行，行二十三字。

《右史》　咸淳刻本。

《吴郡志》五十卷　首卷至十八卷、二十卷至二十二卷宋刻，余皆影钞。

《却扫编》三卷　宋临安尹家书籍铺刻本，每半叶九行，行十八字。

《桯史》十五卷　每半叶九行，行十七字。

《梦溪笔谈》

《艺文类聚》　缺笔至构字。

《赵清献公文集》十五卷，附录一卷　宋景定元年刻，元印本。

《晦庵先生文集》一百卷　宋刊大字本，每半叶十行，行十九字。

《友林乙稿》一卷

元板：

《十一经问对》　元何异孙。

《四书通》二十六卷　元胡炳文。

《乐书》二百卷　宋陈旸。

《汲冢周书》十卷　至正十四年刻本。

《至正金陵新志》十五卷　元张铉，至正刻本。

《大学衍义》四十三卷

《伤寒论注》十卷　金成无巳，元大德八年刻本。

《脉经》十卷

《本草衍义》二十卷　宋寇宗奭。

《百一选方》二十卷　宋王璆。

《太平惠民和济局方总论》十三卷　宋淳祐中医院增修。

《瑞竹堂经验方》十五卷　元萨里弥实。

《论衡》十五卷　两卷合一卷，至元十年重刊小字本。

《齐东野语》二十卷

《历代制度详说》十二卷　宋吕祖谦，泰定三年刻本。

《山堂考索》四集　延祐五年圆沙书院刊本。

《古今源流至论》四集　同上。

《梅亭先生四六标准》四十卷　宋李刘。

《樵云独唱集》六卷　元叶颙。

《潜溪集》十卷附录一卷　此集乃未入明时所作。

《西昆酬唱集》二卷

《瀛奎律髓》四十九卷　至元刻本。

《天下同文集》五十卷　大德刊本。

《皇元风雅》三十卷　元蒋易，至元三年刻本。

《唐音》十四卷

《古乐府》十卷

《诗林广记》前后集二十卷　小字本。

《苍崖先生金石例》十卷

《片玉词》二卷

一三六　朱子清藏书目

仁和朱修伯先生广收图籍，臧弆甲于京师。其嗣子清观察搜罗更广，储庋益富。子清殁后，其家贱售之张幼樵前辈，价未清，书亦未全交。近得《幼樵书目》核之，朱有而张无者，或在子涵处，或系未交书；张有而朱无者，则子清在江南所得者。两目互勘，亦云美富，惜朱已无存，而张亦不免散失耳。

朱子清藏书目：

《陆士龙集》　蜀本。

《礼记》　余仁仲本，韩小亭藏。

《仕学规范》四十卷　有袁忠彻印，张叔未钞补，每半叶十五行，行廿五字。

《才调集》　宋刊六卷至末，季沧苇藏。

《周礼疏》　大字本。

《古灵集》二十五卷　大字宋绍兴三十年六世孙晔校刊本。每半叶十行，行十八字，有煦斋印。

又一本　有寿松堂印。

《翻译名义》　汪阆源藏。

《通鉴总类》二十卷　宋嘉定刊本。每半叶十一行，行二十三字，季沧苇藏。

《古史》　宋咸淳刊本。

《史记》　蔡梦弼本。

《左传句解》　每半叶十行，行大字均二十字至二十三字不等，季沧苇藏。

《说苑》 宋咸淳元年九月镇江府教授李士龙等校。每半叶九行，行十八字。

《通鉴纪事本末》 宝祐二年大字刊本。

《农桑辑要》 元大字本，延祐七年。怡邸藏。

《艺文类聚》 缺笔至“构”字。

《风俗通》 有遵王印，怡邸藏。

《西汉会要》

《东汉会要》 一白纸，一黄纸，字大小同，书尺寸不一，镶成一律，马笏斋藏。

《皇朝编年备要》 五砚楼藏。

《周礼注疏》 不附音释，宋庆元间吴兴沈宾之校刊本。每半叶八行，行大十六字至十九字，小二十字至二十七字，疏在前，注附疏后。晋府藏。

《才调集》 宋板钞补。季沧苇藏。

《春秋经传集解》三十卷 淳熙三年闽山阮仲猷种德堂刊本，附《音释》。每半叶十行，行十八字，注廿二字。

《国朝诸臣奏议》一百五十卷 淳祐十年刻，元至大间印。每半叶二十行，行二十三字，天一阁藏。

《名臣碑传琬琰集》一百七卷 宋刊本。

《吴郡志》五十卷 宋刊本卷首之十八、卷二十之二十二。余影钞补足。

《本草衍义》二十卷 宋刊本。

《梦溪笔谈》二十六卷 宋刊本。每半叶十二行，行十八字。

《却扫编》三卷　临安尹家书铺刊本。每半叶九行，行十八字，季沧苇藏。

《自警编》五卷　宋刊本。每半叶九行，行十九字，述古堂藏。

《杜荀鹤文集》三卷　宋刊本。每半叶十二行，行二十一字，黄子羽藏。

《赵清献公文集》十五卷　宋景定元年刊，元印本。

《花间集》十卷　宋绍兴十八年晁谦之刊本。每半叶十行，行十八字，席玉照藏。

《易学启蒙翼传》四卷　元刊本。

《周易参义》十二卷　元刊本。

《礼书》一百五十卷　元至正七年刊本。

《十一经问对》五卷　元刊本。

《读四书丛说》八卷　元刊本。孙渊如藏。

《四书通》二十六卷　元泰定刊本。顾抱冲藏。

《乐书》二百卷　元刊本。汪小米藏。

《尔雅》三卷　元雪窗书院刊本。

《六书正伪》五卷　元刊本。

《韵补》五卷　元刊本。天一阁藏。

《五代史记》七十五卷　元崇文书院刊本。

《汲冢周书》十卷　元至正十四年刊本。

《两汉诏令》二十三卷　元刊本。诒晋斋藏。

《吴越春秋》十卷　元大德十年刊本。

《方舆胜览》七十卷　元刊本。瓶花斋藏。

《至正金陵新志》十五卷　元至正刊本。汲古阁藏。

《文献通考》三百四十八卷　元延祐六年刊本。

《十七史纂古今通要》十七卷,《后集》三卷　元刊本。九松迂叟藏书。

《读书分年日程》三卷　元刊本。怡邸藏书。

《辨惑编》四卷,《附录》一卷　元至正十四年刊本。

《脉经》十卷　元刊本。

《太平惠民和济局方》十卷,《总论》三卷　元刊本。

《百一遐方》二十卷　元刊本。朱竹垞藏。

《瑞竹堂经验方》十五卷　元刊本。

《图绘宝鉴》五卷　元刊本。

《困学纪闻》二十卷　元泰定二年刻本。

新刊王充《论衡》三十卷　元至正六年重刊宋小字本,合两卷为一卷,凡十五卷。

《风俗通义》十卷　元刊大字本。述古堂藏。

《齐东野语》二十卷　元刊本。

《历代制度详说》十二卷　宋嘉泰三年刊本。

《山堂考索》四集　元延祐五年圆沙书院刊本。

《古今源流》四集　元本,同上。

《皇鉴笺要》六十卷　元本,同上。

《玉海》二百卷　附刻书十三种,元刊元印本。目录后列至正三年庆元路儒学刊造,《玉海》书籍提调等衔名。

《释氏稽古略》四卷　元至正十四年刊本。

《陆宣公集》二十二卷　至大四年刊本。

《注陆宣公奏议》十五卷　元至正十四年翠岩精舍刊本。

《具茨集》十五卷　元刊本。开万楼藏。

《简齐诗集》　元刊本。朱笥河藏。

《范贤良文集》二十二卷　元刊本。季沧苇藏。

《梅亭先生四六标准》四十卷　元刊本。天一阁藏。

《樵云独唱》六卷　元刊本。

《潜溪集》十卷,《附录》一卷　元刊本。此书未入明时所作,世罕传本。

《西昆酬唱集》二卷　元刊本。

《乐府诗集》一百卷　元至正六年刊本。

唐僧《弘秀集》　元刊本。

《瀛奎律髓》四十九卷　至元间刊本。

《天下同文集》五十卷　元大德间刊本。

《国朝文类》七十卷　元至正二年西湖书院本。

《皇元风雅》三十卷　元至元三年刊本。

《唐音》十四卷　元刊本。

《古乐府》十卷　元刊本。

《文心雕龙》十卷　元至正十五年刊本。

《诗人玉屑》二十卷　元刊本。

《诗林广记》前后集　元刊小字本。

《乐章集》九卷　元刊本。

《片玉词》二卷　元刊本。振绮斋藏。

《朝野新声太平乐府》八卷　元刊小字本。汲古阁藏。

《中原音韵》不分卷　元刊本。

一三七　张幼樵藏书

张幼樵藏书：

宋板：

《书集传》六卷　宋蔡沈。

《周礼注疏》五十卷　庆元间吴兴沈中宾刻。每半叶八行，行大十六字至十九字，小二十二字至二十七字不等，不附音释。

《附音重言重意互注周礼》十□卷　巾箱本，缺卷二又四之六，《结一目》无。

《礼记》□□卷　绍熙余仁仲本，《结一目》无，韩小亭藏。

《四书纂疏》二十六卷　宋赵顺孙，巾箱本，《结一目》无。

《广韵》五卷　北宋刻，《结一目》无。

以上“经”。

《史记》一百三十卷　宋蔡梦弼刻本。缺序目，缺卷一、又卷七、又卷十四、又卷四十四之四十六、四十九之五十三。《结一目》无。

《汉书》一百卷　宋乾道三年刻。每半叶十行，行大十九字，小字不等，《结一目》无。

《后汉书》一百二十卷　百衲本，《结一目》无。

《晋书》一百三十卷　每半叶十行，行十九字，明印本补足。

《通鉴纪事本末》四十九卷　缺一卷。

《西汉会要》七十卷　《结一目》无。

《东汉会要》四十卷　《结一目》无。

以上"史"。

《说苑》　半叶九行，行十八字，咸淳元年镇江府教授李士龙校。

《类编朱氏集验医方》

《六甲天元气运钤》二卷　宋朱肱，《结一目》无。

《仕学规范》四十卷　每半叶十二行，行廿五字，袁忠彻印，张叔未钞补。

《南华真经》二十卷　《结一目》无。

以上"子"。

《陆士龙集》十卷　蜀本。

《唐风集》三卷　北宋刻本。每半叶十二行，行廿一字，黄子羽藏。

《古灵先生集》二十五卷　绍兴本，每半叶十行，行十八字。

《淮海集》四十卷，《后集》六卷，《长短句》三卷　缺六、七又二十二。

《才调集》十卷　存卷六至末。

《花间集》十卷　晁谦之刊本。

以上"集"。

元板：

《周易启蒙翼传》四卷　元胡一桂。

《周易参义》十二卷　元梁寅。

《礼书》一百五十卷　至正七年刊本。

《读四书丛说》八卷　元许谦。

《韵会举要》三十卷　小字本。

《古今纪要》十九卷

《战国策》十卷　元吴师道。

《注陆宣公奏议》二十二卷　宋郎晔，至正十四年翠岩精舍刊本。

《十七史纂古今通要》十七卷，《后集》三卷　元胡一桂，后集董鼎。

《纂图互注老子》《列子》《荀子》《扬子》《文中子》

《黄氏日钞》九十五卷

《读书分年日程》三卷　宋程端礼。

《农桑辑要》七卷　官刊大字本。

《千金要方》九十三卷

《图绘宝鉴》五卷，续一卷

《困学纪闻》二十卷

《风俗通义》十卷

《道院集要》三卷　《结一目》无。

《释氏稽古略》四卷

《翻译名义集》　汪阆源藏。

《简斋集》十卷　宋陈与义，朱笥河藏书。

《香溪先生范贤良文》二十二卷　宋范浚。

《松雪斋集》十卷，《外集》一卷

《汉泉漫稿》十卷,《后录》一卷　大字本。

《注唐诗鼓吹》十卷

《唐文粹》一百卷　《结一目》无。

《二程文集》十三卷,附录一卷

郭茂倩《乐府》一百卷

《中州集》十卷,《中州乐府》一卷　缺九、十两卷。

《国朝文类》七十卷,《目录》三卷　西湖书院本。

《诗人玉屑》一百卷

《文心雕龙》十卷　至正十年刊本。

宋刊《周易注》　初印本。系辞以下钞补。半叶十行,板心有刻“壬申重刊”,疑是北宋本。

宋刊《公羊解诂》　余仁仲本,初印。

宋刊《史记》　初印本,兼正义,行款与王板同。

宋刊小字本《晋书》　初印本。半叶十四行,汲古阁藏书在马二槎处。

宋刊小字本《通鉴纪事本末》　初印本。半叶十四行。

元刊《名臣事略》　余勤有堂刊,小字本。竹纸,马笏斋藏。

宋刊《琬琰集》四集　宋末坊本。各家书目未载。

宋刊大字本《医说》　初印本。半叶十行,黄荛圃藏书。

宋刊《鸡峰普济方》　翻本,缺卷同传是楼藏书。

宋刊小字本《杜诗》　无注,初印本。半叶十一二行,板心有“净芳亭”三字,陈仲鱼藏书。

元刊《许丁卯集》　竹纸初印本。半叶九行,建安刘氏刻。

第三行列祝德子订正，分卷与席刻同。

元刊《刘静修集》　竹纸初印本。至正间刻本，分廿二卷。

宋刊《圣宋文选》　坊刻小字本。黄荛圃藏书。

一三八　沈韵初所藏书

沈韵初所藏书：

李焘《续资治通鉴长编》

王荆公《百家诗选》

《葛归愚集》

《李梁溪集》

《白乐天集》

《秦淮海集》

《周礼》残本

《道园学古录》

《道园遗录》

以上皆黄荛圃物。

一三九　郑堪所藏书

郑堪师所藏书：

《杜工部集》十本　汲古影钞宋本。

《太平乐府》四本　汲古藏元小字本。

李献民《云斋广录》八卷一本　季沧苇藏。

《东观余论》四本　季沧苇藏。

《春秋本例》廿卷　宋崔子方，宋刻，季沧苇藏。

《淮海居士长短句》　宋刻。

《国语补音》　宋刊，王献臣藏。

袁枢《通鉴纪事本末》　宋刊，唐子畏藏。

《说苑》　咸淳本。

《释疑韵读》　元本。

一四〇　金寿门所见古书

金寿门所见古书：

《古史》六十卷　宋咸淳刻本。

《史通》二十卷　南宋沈家刻本。

《前汉纪》三十卷　宋刊本。

《后汉纪》三十卷　元至正刊本。

《唐鉴》十四卷　宋石溪张三宅刻印本。

《长短经》十四卷

《唐文粹》一百卷　宋刊。

《古贤小字录》一卷　陈解元手写刊本。

《山谷刀笔》十五卷　北宋密行小字本。

《会稽三赋》一卷　宋刻本，三十八叶。

《路史前纪》九卷《后纪》十四卷　宋刻本。

《南部新书》五册　元吴中发刊本。

《九域志》十卷　宋刊本。

《古林余录》三卷　乾道八年刻。

《剡中稽古小志》一卷　宋刊本。

《信目剩言》四卷　宋刊本。

《古物辨名》二卷　宋刊本，蝴蝶装。

一四一　宋陈经国《龟峰词》

宋陈经国《龟峰词》一卷，蟫庵本。五叶以后又作《龟峰公词》，蟫庵据振绮堂本钞，借知不足斋本校。鲍本魏柳州(之琇)手抄，末志校录岁月一行，为奚铁生处士，分书极精，四印斋刻，此词署名陈人杰词卅一首，皆《沁园春》调。

宝祐四年《登科录》，第四甲第一名四十八人陈经国，字伯夫，小名□□，小字定夫，第二，具庆下，年三十八，三月十八日子时生。外氏吴，治赋三举，娶袁氏，曾祖巽，祖通，父良，迪功郎，本贯潮州海阳县，南城坊自为户。

一四二　宋贺铸《东山寓声乐府》

宋贺铸《东山寓声乐府》三卷，《补遗》一卷。按：《书录解题》作三卷，前有谯郡张耒序。各本皆缺中下两卷。世间刻者惟侯氏一卷。长塘鲍氏校藏者，与侯本仅同八首，虽非原书次第，已属罕见。顷以侯刻鲍钞汇编得二百四十首，录为三卷，以复其旧。又于诸家选本，辑得四十首，作《补遗》一卷。方回词可十得七八矣。

一四三　宋朱晞真《樵歌》

宋朱晞真《樵歌》三卷，吴枚庵钞校本。与知圣道斋藏毛钞《樵歌拾遗》相校，则《拾遗》所采全在本书，似从其中选出者。何以名之“拾遗”，殊不可解。临桂王佑遐侍御两刻之。

一四四　南宋重修《汉隶字源》

《汉隶字源》，南宋刻本。后有题云：“《文正公集》并《奏议》《汉隶字源》，岁久漫灭，嘉定壬申郡丞莆阳宋钧重修。”

一四五　宋刻《自警编》

《自警编》六册，宋刻本。其板心云：“自警编甲至戊，而无己庚以下。”尾有“端平改元九月旦善缭再书”云，锓于九江郡斋，每半叶十行，行二十字，两旁双线，上下单线。

一四六　宋《易经解》

钱唐何梦华有《文海遗珠》，载宋《易经解》四卷，朱长文撰，影写明刊本。邵位西以各家书目未载，疑其伪托。

一四七　宋刊《增修东莱书说》

《增修东莱书说》三十五卷，门人时澜修定。宋刊本，每半叶十行，行大字十九字，小字廿二，大愚叟跋。大愚叟即吕祖谦别号。

一四八　《书集传》

《书集传》，附邹季友《音释》，正统十二年本，最佳。

一四九　宋陈大猷《尚书集传》

宋陈大猷《尚书集传》十二卷，元椠本。《四库》止收《或问》二卷。

一五〇　明刻《大戴礼记》

《大戴礼记》十三卷，明袁䌹翻韩本为最。每半叶十行，行二十字，后有"嘉靖癸巳吴郡袁氏嘉趣堂重雕"一行，不亚元刻。

一五一　史书之邋遢本源自宋蜀本

史书自《宋书》至《隋书》，大半皆南监九行本，前人谓之邋遢本，原底皆宋蜀本。(《宋书》《南齐书》《梁》《陈书》《魏书》《周》《齐书》谓之“眉州七史”，《隋书》不在内。)缺则递修，黑口白口均不一律。如皕宋楼之《北史》，予之《隋书》，均半叶十行，行十九字，建阳刻本，诚不数见。

一五二　《宋史纪事本末》

《宋史纪事本末》，明陈邦瞻就冯琦遗稿补成。此书全用《续纲目》割凑而成。提要十分推奖，由轻视《续纲目》而未与之对勘也。

一五三　《明史纪事本末》

《明史纪事本末》八十卷，海昌士人谈迁作。原有《辽左兵端》《熊王功罪》《插汉寇边》《毛帅东江》《锦宁战守》《东兵入口》六篇，则谷应泰所删，后论，陆圻撰。

一五四　《明名臣琬琰录》

《明名臣琬琰录》二十四卷，明徐纮编。《后录》二十二卷,《续录》八卷,《四库》误以《后录》为《续录》,而缺《续录》八卷。

一五五　《孔子家语》《二十六家唐诗》

《孔子家语》,天禄后目有宋刊本。序末载甲寅端阳吴时用书,黄周贤刻,《二十六家唐诗》款亦同。明刻《野客丛书》,吴书黄刻也。

一五六　元刊《山堂考索》

《山堂考索》四卷,元延祐圆沙书院本。每半叶十行,行二十四字。

一五七　宋刊《世说新语》

宋刊《世说新语》,有汪浮溪序录,绍兴间董令升(棻)刻之严州者最精,所据晏元献手钞本也。陆放翁刻之。袁䌹又刻于嘉靖。有自序及董棻跋。

一五八　《曾子固集》

《曾子固集》,自元大德以后,刻者屡矣,皆不免讹漏。近何屺瞻以传是楼宋椠大小字二本校勘,得《水西亭书事诗》一篇，及《太子宾客陈公神道碑》内脱字四百六十有八。顷见长洲顾东岩新刊本，缺者在焉。并益以《文鉴》《文选》《能改斋漫录》《鸡肋篇》等书，凡得集外文二十首。余又以《播芳文粹》得表牍三篇，并寄东岩补之。《四库目》曾集远出欧前，何也？

一五九　阎百诗著《资治通鉴后编》

阎百诗著《资治通鉴后编》一部三十七册，钞本。

《宋纪》一。（起上章涒滩正月，尽十二月，凡一年。）

编年排日，如长编之体，每条有考异。（荃按：此书恐即徐氏所著而阎为之考核者。）

一六〇　现无之书

现无之书：

《古林余录》三卷　寿春魏南夫，乾道八年刻（金）。

《剡中稽古小志》一卷　乐史。宋刻。

《古物辨名》二卷　海宁施彦执。宋刻。

《信目剩言》四卷　鄱阳镏有信，自号南浦翁。宋刻。

《嘉禾志》五卷，《故事》一卷　宋张元成。旧钞本（朱目）。

一六一 《暴书亭书目》每条下有说

钱晦之说云:《暴书亭书目》每条下有说,此须仿之。

一六二 鄞县范氏天一阁今昔

鄞县范氏天一阁,覃溪云:“上层扁曰‘宝善’,大小二十四柜。余亲至阁上,柜皆一色,杉木门四扇,两面开门,中有间隔。昔年想系满藏,近则每柜止数十册,尚分类耳。”

一六三 《复初斋诗集》之工价

《复初斋诗集》前十卷,每一部工价二钱四分。

一六四 谭友直《鹄湾文钞》

谭友直《鹄湾文钞》九卷,疏隽明洁,如《退谷先生墓志铭》《三十四舅氏墓志铭》《先君先妣墓志》,言情皆真,朴而不俚,未可厚非。

一六五 记秦淮事诸书

记秦淮事者,《板桥杂记》之外,有《水天录话》《石城咏花录》《续板桥杂记》《秦淮花略》《青溪笑》《青溪赘笔》《青溪风月录》《秦淮录》《秦淮画舫录》《三十六宫小谱》《白门新柳记》《八仙图》《青溪感旧录》。

一六六　黄荛圃藏书雅事

黄荛圃藏书，甲于海内。门仆张泰，善于钞书。有“入门僮仆尽钞书”一印，吴枚庵书有“馆生陶翰绪钞讫”署名。荛圃属陆拙生（奎）写《近事会元》，则西席也。又有侍史邹鸣皋，友人叶鞠裳尝兴叹曰：“安得沈虹屏、张秋月耶！”荃窃笑，我辈寒儒，焉得有此艳福，但想得一张泰耳。为荛圃装书者钱瑞正，号半岩，谓之良工，观荛圃原装可见。然荃延饶心舫三年，丁少裘五年，工于摹写。又雇夏炳泉十年，所乐不下于荛圃。近均荐之刘翰怡。

一六七　孙宾华注《小谟觞馆诗文集》

钱塘孙宾华（元培），彭甘亭之弟子。曾注《小谟觞馆诗文集》版行，与集不附，未几，即毁于火。自言有重刻之者，存其心血，死可不憾。近日宗人蘅甫始与《谟觞馆集》重刊于东仓书库，即附诗文之后。宾华有知，亦稍慰于地下矣。

一六八　陆梅谷妻妾善题跋

平湖陆梅谷藏书甚富,刊《奇晋斋丛书》。夫人查氏能诗工词,妾沈虹屏善题跋,亦能诗词。《晏公类要》跋后云:"乾隆辛丑四月十二立夏日,是岁闰五月,春事未阑,海棠、绣球、木笔、紫荆、蔷薇花尚繁盛。新装初毕,御砑绫夹衣,晏坐花南水北亭,啜建溪新茗。"书又记燕文贵《溪山萧寺图》后云:"乾隆丁酉九月廿三日,时花南水北亭新加涂墍,木叶凄然欲落。海上青山,微著霜色,如眉新扫。亭外一带,芙蓉如画。亭边老瓦盆,列佳种菊英二十余品。亭中对设长几,一置周施章父敦,秘色柴窑,供佛手柑、花木瓜各数个,灵壁峭峰一座。一陈法书名画,共主君及夫人展观及此卷,适鸦鬟送新橙、蒸梨至,乃相与徘徊叹赏,几疑身不在人世"云云。有"梅谷掌书画史沈采虹屏"印记,撰《春雨楼集》十四卷,刻甚精。

一六九　陆梅谷室名"奇晋斋"之由来

梅谷得右军《二谢帖》并《感怀帖》,遂书小额,颜春雨楼之左室曰"奇晋斋"。斋中联句云:"门栽彭泽五株柳,案有山阴二谢书。乾隆丙申六月廿五日。"

一七〇 《诗境笔记》载陈仲鱼著述

《诗境笔记》载陈仲鱼著述《周易系辞外传》二卷、《周易存义》九卷（集马、郑、二王四家注，终以谨案，发明四家之义，退文言于系辞后，列彖象于卦末）、《周易郑注后定》三卷（从归安丁小疋辑补本重加校定，其经文悉考原本，不从王弼所乱者）、《逸书》二卷、《逸诗》一卷、《诗人考》三卷（从齐、鲁、韩、毛四家及诸子籍，考得《三百篇》作者四十余人，大要以毛为宗，后附《诗人辨》，专辟伪诗传说）、《集周礼干注》一卷、《集周礼戚音》一卷、《集仪礼丧服经传马注》一卷（未成）、《集礼记卢注》一卷（较杭氏所集倍增）、《集蔡氏月令章句》十二卷（较余氏《钩沈》多三之一）、《春秋贾服注摭逸》十二卷（从元和惠氏及归安丁氏本重辑。其经传次第，亦从杜氏未乱之本）、《箴左氏膏肓摭遗》一卷、《起谷梁废疾摭遗》一卷（以上三书，俱从山西本、武进庄氏、归安丁氏本重校，未写定）、《驳五经异义后定》一卷（从武进庄氏、元和惠氏、嘉定钱氏本合参，依五经为先后）、《集郑氏六艺论》一卷（后附《辑录鲁礼禘祫义》并《答临孝存难》、《周礼郑注》、《论语后定》二卷，与秀水陈梅轩、归安丁小疋合订，共增多五十条，较知不足斋刻本多三之一）、《集孝经郑注》二卷、《古文孝经疏证》二卷（籍日本新出，孔传之伪）、《集孟子刘注》一卷、《孟子弟子列传》一卷、《集尔雅三家注》三卷（采集犍为舍人李巡孙斐注，征引群书，约百余种）、《释礼》一卷、《别雅补篆释》(仿《隶释》,自周秦迄魏晋,稍溢至唐)、《选诗话》十卷(昔人评论涉《文选》者)、《松研斋随笔》、《脩业录》、《北海郑公年谱》一卷、《铭心绝品录》三卷(所见金石书画)。新坂土风,河庄篆刻。

一七一　华汝德与华文辉之活字本

锡山兰雪堂活字本,华君珵字汝德、别号梦萱印也,印书有《百川学海》《蔡中郎集》《白氏长庆集》等书,价重士林。殁于正德七年,年七十七。会通馆活字本,华君燧字文辉印也,印本有《容斋五笔》《锦绣万花谷》《书经》《诗经白文》等书。汝德自号尚古君,文辉自号会通君。(据《容春堂外集》。)

一七二　无锡安国印活字本

后有安国,亦无锡人,亦有活字本,有《颜鲁公集》《魏鹤山集》等书,时略后于"二华"。

一七三　金石之例不可不知

元潘昂霄《金石例》十卷,其子敏中同知嘉定州时,请序于柳道传。序曰:"言之精者为文。抑扬开阖,旁通互用,求之于例,例尽则正,孰若求之无例之例为有得乎。"明张东海跋云："如碑志无书子妇例，设有以子尚主而受封锡者，子妇可不书乎？又有例而不可为例者，如柳子厚《马女雷五》《李卿外妇志》，不足垂戒，徒以长恶，可为例乎？是故例虽有常变，而其变也亦惟不戾其常而已。不戾其常者义之当，何屑屑于例耶。"一序一跋，卢本未刻。按：例如规矩，承学之士不可不知。

一七四　毛子晋《十七史》板

淄川唐继武《日记》云："毛子晋《十七史》板，以逋赋质之故粮道卢澹岩，得四千金。已而卢公负官库，将还之子晋，无以偿也，乃再质之洞庭席氏。席，洞庭巨室也，以史板故，分一子住常熟，然则席氏史本毛子晋原刻也。翻本图记云平江赵氏，非席氏。"

一七五　《胡稚威诗文集》之选与刻

《胡稚威诗文集》，其子元琢孝廉奉遗稿属程鱼门选定。赋一卷，诗八卷，骈散七卷，凡十六卷。时在乾隆己丑，迨阮文达刊行诗四卷、文六卷，非程选矣。

一七六　黄荛圃所刻之《墨表》

荛圃所刻书，《士礼居丛书》之外，又有《墨表》一册，万年少所撰，分四纂，一序、二人名、三各家墨正背左右式、四墨论，自跋署墨者寿道人，戴松门钞本，嘉庆戊寅跋。闻松门有《续墨跋》，亦未见。

一七七　汪希周刻书艺林推重

汪文盛字希周，湖北崇阳人，正德辛未进士，历官云南巡抚，进大理卿。先任福州太守，刻《两汉书》《五代史》《仪礼注疏》，校勘者为高山人瀫、傅山人汝舟，板式古雅，艺林推重。惟《五代史·前蜀世家》，自"太史曰：此贪狼风也"以下，脱四百四十字，转不如监本。又闻刻有《史记》《三国志》，则未见，所著有《白泉集》（《樾亭杂纂》）。

一七八　吴中书商见闻

"书船出织里及郑港、谈港诸村落，吾湖藏书之富，起于宋南渡后。《直斋书录解题》所蓄书，至五万二千余卷。弁阳周氏书种、志雅二堂藏书，亦称极富。明中叶，如花林茅氏，晟舍凌氏、闵氏，汇沮潘氏，雉城臧氏，皆广储篇帙。旧家子弟好事，往往以秘册镂刻流传，于是织里诸村民以此网利，购书于船，南至钱唐，东抵松江，北达京口，走士大夫之门，出书目袖中，低昂其价，所至每以礼接之，号为'书客'。二十年来，间有奇僻之书，收藏之家，往往资其搜访。今则旧本日稀，书目所列，但有传奇、演义、制举时文而已。"见《郑蕊畦湖录》。余幼时在申港，时有书客负一大包闯入书塾。包内湖笔、徽墨、纸本、“四书”“经书”，村塾所需要无不备。议价后，问家有旧书残破书否。见村童临帖稍旧者，均欲以新者相易，盖志在收书也。十岁时，在澄怀堂读书，书室有阁，阁上尽破碎之书。一日书估（贾）尽搜括之，顾数夫担而去。但见有钞本、有刻者、有绢面者，有小如掌者、有大盈尺者，不知何名也。易得者道光《字典》、角山楼《类腋》、雅雨《韩集》、《三国演义》、《左传》等书，皆新装订者。一村有十余塾，无处不到。乱后则无，村中亦止有一二学塾，藏书亦尽毁于“庚申之乱”矣。

一七九　东雅堂《韩集》名不符实

东雅堂《韩集》，为世所贵重。东雅即世彩堂本，其注采魏仲举《五百家注》本为多，间有引他书者，仅十之三。复删节朱子单行《考异》，散入各条中，皆出莹中手也。莹中粗知文艺，全无学识，不特采选失当，即文义亦多疏舛。阅者但取魏本及《考异》全文互勘，得失立辨矣。此陈景云《韩集点勘跋语》拈出之以示近日重价购东雅堂者。

一八〇　宋刻《礼记正义》

《礼记正义》七十卷，宋绍熙刻本。半叶八行，行十五字，注双行二十二字。惠定宇校毛本讹字四千七百有四，脱字一千一百四十五，阙文二千二百一十七，文字异者二千六百二十有五，羡文九百七十有七。

《六经疏义》，自京监蜀本，皆有正文及注，又篇章散乱，读者注焉。本司旧刊《易》《书》《周礼》正经注疏，萃见一书，便形披绎，它经独阙。绍熙辛亥仲冬，(唐)备员司庾，遂取《毛诗》《礼记疏》，如前三经编汇，精力雠正，用锓诸本。庶几前人之所未备，乃若《春秋》一经，顾力未暇，姑以贻同志云。壬子秋八月三山[日]黄唐谨识。

录此跋，知诸经汇刻，皆起于南宋，此本即会刻注疏第一本也。

一八一　宋刻吴淑《事类赋》

吴淑《事类赋》，宋绍兴丙寅边惇德刻本。明嘉靖间，白石岩刻于郡斋。李濂、陈全前后序，黑口本，孙渊如以为元，板式颇似元板也。

一八二　《敦煌新录》考

《敦煌新录》一卷，《陈氏书录》解题云："序天成四年，沙洲传舍集而不著姓氏。盖当时奉使者叙义潮本末及彼土风物甚详"云云。此书《浙江采辑遗书目》载之写本，核之《唐书》，义潮以大中五年为归义军节度，断不能至天成朝尚存。或使臣在瓜沙，脱离土(吐)蕃建军之事，止存义潮一卷耳。

此书当可踪迹。如《采辑书目》以为义潮使金九年而始归，所称“天成”当作“天德”，几如盲人谈黑白矣，且瓜沙亦非金辖境也。

一八三 《先哲遗书》及《列子通义》

常州八属，武、阳、锡、金、宜、荆考据辞学均非江阴能及，特胜于靖江耳。常州刻《先哲遗书》两集，靖江无一书。忽见朱得之《列子通义》八卷。得之字参元，书名旁注并通义口上浩然斋，嘉靖甲子夏四月自序。傍注陋极，通义似讲章，毫无可取。得之一云乌程人，自号参元子。《四库存目》收《宵练匣》三卷、《庄子通义》二书。

一八四 唐人写《法华经》

顾光禄有唐人兄妹共写《法华经》七卷，细如蝇须，后题云“燕子女丁”，无能知其人，楷法极精。

一八五 宋刻《两汉书》

王元美有宋刻《两汉书》，皆大官板，长尺五许，后有赵文敏小像，赵魏公物也。元美亦画一小像于其后。

一八六　宋刻《文选》跋

宋刻《文选》，有祝京兆跋云："自士以经术梯名，昭明之选，与酱瓿翻久矣。然或有以著者，必事乎此者也。吴中数年来，士以文竞，兹编始贵。余向蓄三五种，亦皆旧刻。此钱秀才高本尤佳，秀才既力文甚竞，助以佳本，当尤增翰藻，不可涯耳。丁巳祝允明笔，门人张灵时侍笔砚。"又杨循吉跋云："古云'《文选》烂，秀才半'。自隋唐以来，莫不习之。余昔游南都，求监本，率多漏缺不可读。偶阅书肆，获部之半，曰非全书也。其后赴试京师，今少宰洞庭王公出其帙相示，俨然合璧，因遂留而成之。自是累购善本，均莫之遇。孔周何幸，得此纸墨。刻印又精好，倍余所藏，岂非天缘耶。好学之笃，又有好书以济其求，宜有以为庆赏。杨循吉题后。"此钱孔周之书，杨祝两跋，倾倒至矣，今不知在世间否。(《妮古录》讹字极多，两跋有不可解处，恐亦讹脱。)

一八七　《冯开之日记》

《冯开之日记》："舒古堂来，年七十四岁，市书，蓄古玩，欲与余刻《二十一史》，以《宋书》《魏书》为始，老人可畏哉。"冯之在南监刻书，《三国志》《宋书》最有名。汪尧卿刻《两汉杂集》二十种，欲题总名，余题曰《两汉丛书》。宋板《文选》，是方十洲家物，上有"太子太保傅文穆公收藏图书"。江阴朱氏所刻阮集《咏怀》四言十三首,《诗纪》但有三首。

一八八　徐星伯秘藏《华严经音义》

《华严经音义》二卷,徐星伯先生藏北藏本,陈东之校定,属徐莲峰刻之。此书自孙渊如辑《仓颉篇》、任幼植辑《字林》,征引及之,学者始知有是书。臧君在东合校西藏、北藏刊行(粤雅又刻入丛书)。上元陈君雪峰又精刻之,惟在东凡属梵言,悉从节省,此本独全,出字亦较备。东之考证极详,许丈珊林粘签其上,亦可相参。此书当以是本为最。又钞得星伯序一篇,如获一《真珠船》矣。

一八九　元《马石文集》

元《马石文集》十五卷,元至正刻本,半叶十行,行二十一字。明弘治江西按察使熊翀重入《石田母夫人墓志》,及虞伯生撰述《桐乡阡》,及许有壬《墓碑》。翀字腾霄,光州人。前仍刻至元五年牒文,董授经所收即此,未见真元本也。《石田母夫人墓志》搀入卷内,后二文在集外。只石铭藏旧钞存此序,《居易录》所见即熊本。

一九〇　朱子《诗集传》之罕见

朱子《诗集传》二十卷,每半叶七行,行十五字,是朱子旧第。明监本并为八卷，明经厂曾刻二十卷本。皕宋收之，然实罕见。

一九一　明万历《官册》

明万历十二年春季《官册》，首册每半叶十行，题"新刊真楷大字全号缙绅便览"，为内阁、詹事府、翰林院、六部以至五城兵马司，用蓝印者，皆京官也。二三册每半叶十六行，新刊南北直隶十三省府州县正佐首领，全号"官林备览"，为各省布、按、经历、照磨、府州县官，用墨印本，皆外官也。仪征太傅继配孔夫人奁中物。首有"孔子七十三代长孙女"朱文小印，"扬州阮氏""琅嬛仙馆"两朱文联珠小方印，《瀛洲笔谈》《冬青树馆》两文，考之详矣。

一九二　《元人方叔渊遗稿》

樊士宽《元人方叔渊遗稿》，后至元己卯士宽所钞。见《拜经楼题跋》。

一九三　明江阴夏茂卿《词林海错》

江阴，小邑也。明人收藏家，止有李氏得月楼、朱氏存余堂。清代字画推夏一驹昂千，书籍推叶廷甲。明人著述，以夏茂卿为多，藏有《消暍集》二十二卷、《冰莲集》四卷、《奇姓通》十四卷、《法喜志》四卷、续四卷、《栖真志》四卷、《茶董》二卷、《词林海错》十六卷。昨友人持《类聚古今群贤咏物诗》三十六巨册，亦茂卿撰，从前未知也。后有跋云："呜呼，《类聚古今群贤咏物诗集》三十六厚册，是季父茂卿先生之遗稿也。先生壮岁谢公车，不上春官，以著书自娱。各书之已刻者，都十余种。晚年又喜编纂类书，《词林海错》于戊午岁付梓，风行海内者二十余年。而是书以卷帙浩繁，不克寿梨枣，谨藏箧笥，吾夏氏子孙其共宝之。崇祯己卯侄琦谨识。"

一九四　白鹭洲书院所刻《汉书》

江西白鹭洲书院，自南宋淳祐元年江万里始建，即聘欧阳守道为山长，文信国、刘辰翁、邓光荐皆出其门。今《汉书》即刻于此。《汉书》半叶八行，正文十六字，注文双行二十一字。每卷末记二行云："右将监本、杭本、越本及三刘、宋祁诸本参校，其有同异，并附于古注之下。"始刊于南宋，毕工于至正间。卷末记甲子可考，鹭洲在吉安府城东赣江中，长数里。

一九五　彭文勤《宋四六文选》本

彭文勤公选《宋四六文选》，又选《宋四六话》四卷手稿，朱笔系手改，每卷后手书数则，字亦古雅，为王北平所藏。

一九六　《荆溪疏》《清苕集》无重刻本

王百谷《荆溪疏》二卷，字大于钱，目后有常州府领塘桥吴宅云栖馆雕本，吴幼元刻也。《清苕集》二卷，署吴兴范汭校。重刻本均无矣。

一九七　闽中近时刊书往往改易

近时闽中书肆刊书，往往改易，其类甚多，不能悉记。今姑取一二言之：如睦州宣和中始改为严州，今所刊《元丰九域志》，乃径易“睦州”为“严州”。又《广韵》“桐”字下，注云桐庐县在严州，然易去“旧”字，殊失本书之旨。将来谬乱书传，疑误后学，皆由此也（《云谷杂记》四）。

一九八　淮南路转运司《史记》刻期之长

淮南路转运司刻《史记》，在政和中，至绍兴朝方毕工，有官衔两行：

左迪功郎充无为军军学教授潘旦校对。

右丞直郎淮南路转运司干办公事石蒙正监雕。

一九九　《山谷诗》各本字句不同

《山谷诗》，各本字句有不同。今本乃任渊作注时所定。

二〇〇　内府《欧阳修文集》无全本

渔洋闻曹舍人（贞吉）云：“官典籍日，料检内府藏书，宋刻《欧阳集》八部，竟无一部全者。”荃在图书馆，检发内阁书，宋刻十行、行十六字三部，皆蝴蝶装《欧阳文忠集》一百五十三卷本，又有庐陵《欧阳文忠集》五十卷，明刊十二行、行二十一字本，临川曾鲁得之《考异》，有“时柔兆摄提格县人陈斐允章校刊”一行。又一明刊考异本，九行，行十八字。又有明刊一百五十三卷，十行，行二十字。又明刊《居士集》二部，十一行，行二十三字，分金、木、水、火、土，一字十卷，刊又在后，字迹古雅，亦无一部全者。曹君所见，殆即此欤。

二〇一　路慎庄藏书多宋元雕本

路子端观察（慎庄）藏书最富，多宋元雕本。有《蒲编堂书目》八卷，作《汉魏遗书续钞》百余种。

二〇二　鲍倚云《寿藤斋诗》

鲍倚云《寿藤斋诗》四十卷，刻最精，独《谁辛集》未刻。

二〇三　龚廓园《十五国人物志》及跋文

龚廓园著《十五国人物志》。龚名翰，字文思，又字苍岳，昆山人，住上元，半千之弟，以遗老表章忠义而作。同时撰者甚多，无以异于众。

> 苍岳跋："予著《十五国人物志》，未毕，时有一友人见之，钞去数传，因演成一书，称《留溪外传》。传内传赞，亦仿予称'外史'，不知予之称'外史'，以其时方以岁贡考授教职，教职称'外翰'，故称'外史'。此友不知，以布衣而称'外史'，颇无所据。且其传甚多，不知其所自来。亦不似予之确有所据，无耳食道听之事也。因记之以为他日异同之辨。"按：《留溪外传》系吾邑陈定生著。《外传》为提要所斥，征事云："凡有事实，寄江宁承恩寺刻匠蔡丹敬家（或扬州新盛街岱宝楼书坊转付）。"此书亦有"四方邮赠，寄江宁府南门内油坊巷口和鸾庙前龚宅"，与定生一辙，不必讥诮。

二〇四　庄眉叔与洪孟慈文集之刊行

常州庄缙度《眉叔诗集》，在慧成东桥处，欲刊行而未果。洪孟慈（饴孙）《青埵山人诗集》，在麟庆见亭处，亦欲刊行而未果。后孟慈孙（用勤）得手稿，重写清本，曾孙熙重刊之，谢枚如（章铤）序。耕渔重刊《北江全集》，又《子龄遗集》《幼怀遗文》，荃刊入丛书，亦耕渔所藏手稿。洪氏父子数人著作，均未全佚，胜于庄眉叔多矣。

二〇五　覃溪庚子闱中欲作考注之书

覃溪庚子闱中，欲作《春秋大事表补正》、《六书测原》（又注应改作说文附记）、《石经考补》、《石鼓考》、《定武兰亭考》（附《颍上诸本考》）、《古文尚书考》。

二〇六　曹学闵重刻《河汾诸老集》

曹学闵重刻《河汾诸老集》，并补小传。

二〇七　李南涧《所藏书目》

李南涧欲作《书目》一编，所藏者曰《所藏书目》，所见于人家者，曰《所见书目》，皆详其卷数，录其序跋并镂板年月。

而近年人家书目所有而未得见者，曰《所闻书目》，以清初为断，若焦氏《经籍志》则不及之。所见黄叔琳、朱竹君、纪晓岚、冯益都、赵泰安、周林伋、于文登、李诸诚、卢德州。

二〇八　汪楫《崇祯长编》

汪楫《崇祯长编》，六十余卷，起天启七年，至崇祯七年六月。盖非完书，然已卅册，所著曰《大云山房遗书》。

二〇九　谷应泰《贵州纪事本末》

谷应泰《贵州纪事本末》一册。

二一〇　康熙间重修《仪礼注疏》

康熙二十五年重修北监本《仪礼注疏》，第二行“康熙二十五年国子监祭酒（臣）常锡布、祭酒加一级（臣）翁叔元、司业（臣）宋古浑、司业加一级（臣）达鼐、司业（臣）彭定求、学正（臣）王默、典籍（臣）程大毕奉旨重校修”。每卷首有“康熙二十五年重修”。余补叶不多。

二一一　毛稚璜恽寿平交游之雅

毛稚璜有《东苑诗钞》一卷，《文钞》一卷。东苑即杭垣东园,有高云阁、莫云卿(如倞)别业,疏泉列树,颇清旷,文雅好事,名流多与之游,后为稚璜所得。恽寿平游杭,必寓阁上,多留题咏,如“露蔓平窥石,烟萝半浸池”;“薜荔愁中鬼,桃花劫外身”;“旧雨青毡在,新愁白发知”。园林高致,宾主交情,令人想见。寿平在杭,与稚黄札子云:“从东园绿柳塘行三四里,逢桥五六,过城北茅子鸿新居,时刍牧马驼,蹀躞奔驿,吹角之声相闻,暝矣。不取故道,从市中肩摩而趋,抵高云阁,新月已挂高柳之半,露虫大作吟声。此时意君已就卧,或尚立檐下,哦秋风得奇语,正想恽子来叫绝。然兴倦后,不能再穿深巷,呼君同上新桥看月也。”与王丹麓云:“五月廿三日,期又竞、稚黄、东琪、虎男。次日,访北墅王丹麓。会大风雨,诸子不果来,因思客岁丹麓从冰雪中访我东园,我辈今日盘桓,不及王郎远矣。口吟自嘲,并题扇寄北墅:‘密雨千门正未开,无人同破北山苔。云边怅望回舟客,曾比王郎蹋雪来。’”寿平尝自号东园客。

二一二　赵味辛隐讽程鱼门

赵味辛先生告程鱼门之子(瀚)曰:“表章先人,意固甚善,然著述数十种数十百卷,岂寒士所能立办。无已,为先路之导而使后有所继耳。故与其刻诗,莫如刻文;与其刻文,莫如刻说经之书。说经之书多,则请先刻说经之书之序,使世有同志见之,安知他日不争助剞劂。由经及文,由文及诗,以复大观乎。”此言是也。鱼门负诗名而笔颇拙,味辛盖隐讽之。后仍先刻诗后文，至今传《勉行堂集》六册、诗廿四卷、文六卷，不如味辛之言，惟《经说序》则全刻入矣。

二一三　宋金仁山《广箕子操》

宋《金仁山集》中《广箕子操》一篇特工，云："炎方之将大地之洋波汤汤，翠华重省方。独立回天天无光，此志未就死矣死南荒。不作田横横来者王，不作幼安归死其乡。欲作孔明无地空翱翔，唯余箕子之意留苍茫。穷壤无穷此恨长，千世万世闻者徒悲伤。"吴师道跋云："宋末为相者曾聘先生馆中。先生以奇策干之，不果用而去。先生感念旧知，后为赋此。"为相者盖陈宜中也。闽中林继庭（春枝）过陈宜中祠，感赋四诗云：

"一步平山太息频，景炎遗躅此江滨（地为宋端宗驻跸处）。行宫雨过生春草，辇路风回起暗尘。绝域游魂知不返，高崖题字尚如新（相传'平山福地'四字，宜中书）。斜阳委巷迎祥处，社鬼依依远趁人。

"连岁宣麻更筑坛，垂帘无那北风酸。皋亭山上飞游骑，清澳江头载钓竿。不信美刍亲蟨蚷（见《尔雅》），谁教腐鼠吓鹓鸾。凄凉惟有江山寺（在温州，奉迎益王入闽），拼得楸枰一著残。

"百战淮兵到海疆，清波淼淼驾帆樯。鱼龙窟底争残劫，豺虎关前斗夕阳。几处勤王空筑舍，两番投款又严装。西风不见占城使（舟移七里洋，宜中请往占城，谕意遂不返），潮去潮来总断肠。

“当年披牍想英姿(攻丁大全,救董槐),肉食翻忘燕幕危。柴市有人歌正气,崖山无地葬孤儿。帷前像貌犹冠剑,阶下鸡豚自岁时。越国高祠在江浒(平山之麓,有越国公张世杰祠),松风杉雨满灵旗。”

悲歌激越,不满宜中之意,自在言外。

二一四　钱塘余秋室《梁园归棹录》

钱塘余秋室《梁园归棹录》,诗词小令及文并入之。秋室道光壬午重赋鹿鸣,时年八十有五。

二一五　林吉人王条山王可庄陈宝琛之书诗文

林吉人为汪钝翁书《文钞》,为王渔洋书《精华录》,为陈泽州书《午亭文编》,王、陈皆名位显赫之时,钝翁已殁,风义尤足动人。王息尘藏渔洋致吉人手札十余通(余已刻入《烟画东堂小品》),皆写《精华录》时商榷语。诗手定,托名于门下。梦少司农《大谷山堂诗》,则王条山书之。近则博尔济吉特夫人《芸香馆诗》,为王殿撰可庄(仁堪)书。吴子俊《圭庵稿》,为陈阁学伯潜(宝琛)书。

二一六　徐兴公自署名录

徐兴公自署，曰竹窗病叟，曰读易园主人，曰天竺上人，曰筠雪道人，曰笔耕惰农，曰三山老叟。所居之庐，曰柿叶庐，曰柿叶山房，曰镜澜阁，曰汗竹巢（或作轩），曰绿玉山房（或作斋），曰柯古陆楂馆，曰宛羽楼，曰风雅堂，曰竹藤斋。虽逊于荛圃，然亦不少。

二一七　杭州孙烺得覃溪遗书均归云自在龛

杭州孙侍御烺，休宁人，为徽之巨商，侨居杭。在京师，与覃溪善。覃溪殁后，孙赙五千金。其子宜泉早没，故苏斋金石书画半归侍御。宋拓《公房碑》、《化度寺碑》、《嵩阳帖》、《雪浪帖》、诗文杂著手稿四十巨册均在焉。手稿后归魏稼孙。稼孙没，归于吴门书肆，并稼孙《金石类稿》均归云自在龛。诗稿为钞出未刻诗廿四卷，前后止缺十四年《诗境笔记》，有“孙氏蕙花仙馆印章”白文方印，“孙烺之印”朱文小方印。

二一八　明叶宪祖词意高古

明叶六桐（宪祖）填《鸾篦记》，借唐贾岛以发舒二十余年公车之苦。吴石渠、袁令昭，词家名手，石渠院本，求六桐底诃,然后敢出;令昭花晨月夕,征歌按拍,一词脱稿,即令伶人习之,刻日呈技,犹可想见唐、宋士大夫之闲雅气象,檞园其填词别号。

二一九　朱彝尊王司寇赠挽洪昇之诗

洪昉思号稗畦,居庆春门,少负才名,尤工院本南北曲。以国子生游都门,作《长生殿》传奇,一时勾栏竞钞习之。会国忌演此,为言官所劾,诸人夺职,昉思逐归。朱竹垞赠以诗云:"金台酒坐擘红笺,云散星离又十年。海内诗家洪玉父,禁中乐府柳屯田。梧桐夜雨词凄绝,薏苡明珠谤偶然。白发相逢岂容易,津头且缆下河船。"昉思后溺于乌镇,王司寇挽以诗云:"送尔前溪去,栖迟岁月多。菟裘终未卜,鱼腹恨如何。采隐怀苕霅,招魂吊汨罗。新词传乐部,犹听雪儿歌。"《稗畦诗集》清整,有大历风格,有"林月前后入,溪花冬夏开"之句,世但称其曲子耳。洪尚有《闹高唐》《节孝坊》《舞霓裳》《沉香亭》四种,然《舞霓裳》二种,疑并入《长生殿》。

二二〇　兰陵三秀之身世词作

兰陵三秀,赵氏姊妹也。云卿友月适杨氏,书卿佩芳适王氏,韵卿友莲适潘氏,皆能诗画。随父流寓于蜀,孤苦特甚。友月早卒、佩芳夫亡,一女适汤世枵,依其女以居。友莲之子补盐库大使,优缺,官十二年。奉太夫人至孝,老福尚好，在成都日，均与先母往还。诗画以韵卿为尤佳，与先君先母均绘《纨扇诗笺》，亦时有和作。荃觅其集不得，至《词录》一字不登。《书卿词》一卷，为先师汤秋史批改。曾录副在吟箧，《词录》选及十首。全卷刻入徐氏《小团乐室闺秀词百家词》中，亦有幸有不幸矣。

二二一　钱景开多识古今书籍

书林钱景开多识古今书籍，人尝拟之宋之陈起。其卒也，黄荛圃挽以诗云："天禄琳琅传姓氏，虎邱风月孰平章。"次句指钱好狭邪游，一时有"名士牙行、士女领袖"之目。

二二二　《百家姓》乃吴越人所撰

《百家姓》乃吴越时人所撰。一赵二钱，已在宋太祖登极之后，见放翁《郊居诗注》。

二二三　翁同龢《翁文恭诗》潘文勤《巽斋杂志》

《翁文恭诗》，后人辑成八卷，付鄂匠刊。文勤著有《巽斋杂志》，不知其存佚。

二二四　李卓吾《精骑录》之语

李卓吾《精骑录》云:“人有被横逆而欲报复者问于余。余应之曰:‘天方助桀,胡可与争。人自吠尧,吾则何与。争而击之,在我多费博浪之椎;徐以制之,在渠自有乌江之剑。况彼之叫跳,有识者已鄙其狂,而我以安间,无知者亦服其量。使丙夜而深思,彼之含羞,其将何解。即终身而不报,我之得胜,亦已多矣。’”此虽一时晓解之语,亦消世人许多不平之气。

二二五　秦少游《逆旅集》

秦少游有《逆旅集》,闲居有闻,辄记之。

二二六　《渔洋诗话》戏曲谐语

《渔洋诗话》称戏曲曰“荆、刘、拜、杀”,称曲手曰“关、郑、白、马”。《曲品》一撰一阅,撰者郁蓝生,阅者方诸生。方诸生王骥德字明朗,会稽人。郁蓝生、吕天成,余姚人,均天崇间人。天成有《越园纪略》,祁忠惠采入《越中园林记》。

二二七　翁同龢妻舅张岧轶事

张岧绰号夜叉，翁太常妻舅也。削发为僧，在家出家。有《哭世经》，为其甥源德作也。有《花花记》，己唱生，杜寿唱旦，严开宇唱外，张瀛浦唱净，薛云卿唱小丑，张叔维唱小生，孙恭甫唱末。

二二八　《清献公日记》

《沈冰壶集》有云《清献公日记》，与石门交谊最笃。石门事败，全削去之。荃读《清献日记》，多右石门、左姚江语，并未全去。陆殁于康熙乙亥（三十四年）。石门之狱，发于雍正七年，即有改削，亦属清献弟子，不能诬清献也。

二二九　十三经和尚

僧雪峰字拙峰，托钵西河，思购《全藏志》，奢财绌，至京师，获市监《十三经注疏》而归，同侪目之曰"十三经和尚"。

二三〇　朱笠亭《逸事》

嘉兴朱笠亭（琰），号金粟道人，撰《逸事》一卷。得二十叶，奇情逸趣，触处横生，世有斯人，执鞭欣慕。

二三一　陈与郊作剧贬恶门生

恽寿平谱《鹫峰缘》，陈隅阳（与郊）谱《詅痴符》。陈子犯罪时，有两门生当道而不为力，陈恚之，中有《狄灵庆》一段，以比二门生，而身拟袁粲。

二三二　《冲波传》颜渊语

《冲波传》，颜渊曰："人知其一，莫知其他。但知暴虎，不知凭河。鹿生三年，其角乃堕。子生三年，而离父母之怀（音案）。"

二三三　《左传·昭公七年》正义引论者考

《昭七年》正义引张叔皮论，潜研据《文选》注，断为张升（《汉书·文苑传》）。《友论》为升集之一篇。名曰"皮"曰"及"，皆讹字也。

二三四　阮大铖之诗及号

阮大铖《咏怀堂诗》，长洲门人张修所书。圆海号百子山樵。自题"百花深处"，又名石巢园。

二三五　覃溪撰《艺林汇谱》

覃溪撰山谷、遗山、道园、松雪诸家曰《艺林汇谱》，今惟《遗山年谱》有传本。

二三六　北宋末避讳

王象之之父王师亶，张春治以为“王师古”。今粤刻《纪胜》作“师古”，岑刻《纪胜》作“师亶”。读《养新录》云：“向见宋椠本有避亶字。”注：从亩从旦，以下乃避钦宗旧讳，大约王师亶刻作“亩”，讹而为“师古”矣。

二三七　《观津花品》与《浭阳诗思》

灵石何石峰自武清改丰润。程葺翁入幕，有《观津花品》二册，又有《浭阳诗思》二册。

二三八　唐刻石“曰”均作“日”

“放勋曰”云云，旧本作“日”字。孔荭谷刻《孟子》，改作“曰”。不知唐时刻石“曰”字均作“日”，并不奇异。

二三九 “牛山四十屁”之传世打油诗

牛山四十屁,其人生当明季。鼎革后,弃家为僧。打油钉铰之诗,皆有托而逃者也。世传其“春叫猫来猫叫春,听他越叫越精神。老僧亦有猫儿意,敢向人前叫一声”。兹又得一首:“昨夜山前人杀人,管他老子破头巾。山僧石上高跷脚,念句佛儿保自身。”自题牛山四十屁。即诗而论,何减寒山,惜不得其全耳。

二四〇 补录吴莲洋诗

吴莲洋自书诗六首,五首不见《莲洋集》,今补录:

风廊经积雨,一半莓苔斑。晓雨喜无莹,爱兹池上山。
笔墨有余清,吟啸颇亦间。君家辉棣萼,皆为玉荀班。
天伦良可乐,客子舒心颜。登楼托遥情,佳气通幽关。
昨日太华来,仙灵砭我顽。正欲习静默,适卧花林间。
少日且归去,开门俯潺湲。

谢张容台赠水晶盒

长源有仙骨,身在屏风上。弱龄发清吟,即有蓬瀛想。
崎岖家国间,奇勋表天壤。终遂赤松志,岂溺封留赏。
之子灵异资,翩翩出尘鞅。相对愧形秽,冰壶自澄朗。
赠我水晶盒,表里互惝怳。还期崇姱修,邺侯增向往。
题笺方慨然,春风动林莽。

送刘伯恒

姑射山前千里云，行人北去雪纷纷。
沙边系马沽羊酪，柳外摇鞭指雁群。
乡树迷离悬甃近，关城迢递冷泉分。
到家遥念围红烛，桑落频倾晓漏闻。

感　伤

感伤者，感事而伤也。刘子子翼攻苦积年，甫荐于乡而死。吴子伤之，作是以哀之：

穷经守亦坚，四十无所适。岂知方获荐，遽尔返玄宅。
哀子昔同客，念母泪沾臆。甫能慰老亲，何为益永诀。
重君能孝义，痛君殁他国。归当哭尔灵，洒涕条山侧。

二四一　《乐府考略》

《七国记》李玉撰。

《马陵道》

《窃符记》明张凤翼。

《绨袍记》

《灌园记》

《新灌园》明冯梦龙改定本。梦龙苏州人。

《金印记》明苏复之。

《冻苏秦》

《脱囊颖》明徐阳辉。

《量江记》明聿云原编，云池州人。冯梦龙更定。

《豹凌冈》

《双烈记》

《麒麟罽》明高漫卿。

《精忠记》

《精忠旗》明李梅实撰。冯梦龙更定。

《如是观》明吴玉虹。

《纲常记》一名《五伦

全》。明丘濬。

《天锡贵》一名《喜重重》。

《夜光珠》王维新。

《文媒记》

《菉园记》梁木公。

《名花谱》刊本曰《种花侬》。作序者杭州白恭己。

《文犀带》

《相思砚》钱塘梁孟昭。

《巩皇图》

《埋轮亭》李玉。

《呼雷驳》

《留生气》一名《词苑春秋》。

《雄精剑》

《瑶觞记》

《青衫记》

《十锦堤》蕊栖居士撰。

《鸾镳记》明季人。

《扬州梦》元乔梦符。

《风月牡丹仙》明周宪王有燉撰。

《金莲记》

《赤壁游》许潮。

《孤鸿影》明周如璧。

《眉山秀》

《簪花髻》明沈自徵。

《文星现》朱素臣。

《花舫缘》明孟称舜。

《意中缘》李渔。

《群星辅》一名《金和春秋》。

《后渔家乐》

《双忠孝》

《檐头水》

《重重喜》

《反三关》

《后白兔》一名《五龙祚》。

《双忠庙》周稚廉。

《玉尺楼》

《凤鸾俦》沈名荪撰，名荪钱塘人。

《因缘梦》石庞撰，石庞芜湖人。

《白纱记》

《浣花舟》吴兴石樵山人撰。

《锦西厢》周公鲁撰。
《泮宫缘》
《卖愁村》
《钗钏记》
《白罗衫》
《双熊梦》或云尤侗撰。
《葛衣记》
《祝发记》
《九莲灯》
《焚香记》
《烂柯山》
《渔樵记》
《双雄记》明冯双龙撰。
《愤司马》嵇永仁撰。
《泥神庙》嵇永仁撰。
《羁亭秋》沈自徵撰。
《荐福碑》元马致远撰。
《赤松记》
《问牛喘》
《草庐记》
《七胜记》
《运甓记》
《筹边楼》王抃撰。
《三祝记》汪廷讷撰。
《平津阁》蕊栖居士撰。
《赚青衫》
《黑鲤记》明代松江人所作。
《万民安》明季苏州人作。
《天有眼》明末人寒山作。
《镇灵山》一名《楞伽塔》。蓉江石于美撰。
《十锦塘》
《赤龙须》
《玉楼春》绍兴人谢宗锡撰。唐九经作叙。
《领头书》济南袁声作。
《彩燕诗》
《撮盒圆》明末人所作。自序云:磊道人、瘫先生合编。
《南桃花扇》无锡顾彩作,康熙二十三年。
《一捧雪》李元玉撰,下同。四传奇所谓"一、人、永、占"也。
《人兽关》
《永团圆》冯梦龙改本。

《占花魁》

《狂鼓吏》明徐渭撰。渭山阴诸生。以下四种曰“四声猿”。

《玉禅师》

《雌木兰》

《女状元》

《八珠环记》邓志谟撰。志谟字景南，饶州人。以下五种，谓之“五局传奇”。一用骨牌名，一用花名，一用鸟名，一用曲牌名，一用药名。

《并头花记》

《玉连环记》

《凤头鞋记》

《玛瑙簪记》

《没名花》临川人吴士科撰。

《扯淡歌》无锡嵇永仁撰。

《非非想》海宁查继佐撰。

《党人碑》

《八义记》

《芦中人》薛旦撰。旦字既扬，苏州人，善填乐府。其继娶之室，曰停云，出自名家，歌剧称最。夫妇居无锡，尝作乐府数种，曰《醉月缘》，曰《续情灯》，曰《昭君梦》，曰《闹荆鞭》。此即《闹荆鞭》改名也。

《鸣凤记》王世贞门客所作。

《千钟禄》

《清忠谱》明崇祯时李元玉撰。

《通仙枕》

《百子图》

《百岁图》

《九锡记》

《群星会》

《锦上花》雪川樵者编。西泠钓徒校。

《孝顺歌》明末人所撰。

《冯骦市义》萧山周起编。

《四元记》一名《小菜子》。湖上李笠翁阅定。与《高贵仙》《满床笏》《小江东》《中庸解》《雁翎甲》《合欢锤》《双错沓》八种同一帙。

《杜鹃声》吴县人毕万侯撰。

《双侠赚》

《双报恩》明末人汉眉撰。

《一封书》一名《剑双飞》，长洲丁钰撰。

《雪香园》

《蟾宫会》

《璎珞会》吴县朱良卿撰。

《狮子赚》百子山樵撰。明阮大铖也。

《万花楼》朱良卿撰。

《两香丸》

《双飞石》

《元宵闹》

《一品爵》朱良卿、李元玉同撰。

《双龙坠》

《升平乐》一名《圆圆曲》，钱塘陆云士撰。

《想世情》

《西来记》张中和撰。

《目莲》

《鱼儿佛》明湛然和尚撰。寓山居士润色之。

《归元镜》明万历间杭人报国寺僧知远撰。

《鲠诗谶》

《飞来剑》杭州相传杨雍建门人撰。

《荆钗记》元人所撰。有《古荆钗》及《荆钗》两种。

《双宫诰》

《长城记》

《杞梁妻》

《访友记》

《分鞋记》明长洲诸生陆采撰。

《断机记》明成化间人所作。

《断发记》

《跃鲤记》

《雷鸣记》明许宗衡撰。

《卧冰记》

《节孝记》

《万里圆》

《宋弘不谐》元鲍吉甫撰。

《分金记》明万历间山人叶良表撰。

《莲花筏》

《偷桃记》吴德修撰。

《千祥记》

《寿为先》

《紫琼瑶》

《紫金鱼》

《四大庆》第一折曰“福”,叶稚蜚所作。第二折曰“禄”,丘屿雪所作。第三折曰“寿”,朱素臣所作。第四折曰“多男”,盛霁如所作。

《双璧记》

《万事足》明冯梦龙撰。

《儿孙福》苏州人所作。

《五福记》明徐时敏撰。

《三报恩》明冯梦龙序。

《三星照》

《三殿元》

《状元香》

《女红纱》萧山人来集之撰。大学士宗道之子。

《络冰丝》明杭州人徐翙撰。

《红莲债》刊本云古越函三馆编。

《遗爱集》康熙十一年程端、陆曜合作。县令于宗尧事。

《松筠操》一名《高士记》。

《铁冠图》

《双龙佩》明时人所作。

《丹心照》

《锦江沙》一名《忠孝录》。会稽人蔡东撰。

《古城记》

《易水歌》南阳远峰氏序。作者豸山。

《易水寒》

《青钢啸》

《麒麟阁》李元玉撰。

《投唐记》

《三夺槊》元尚仲贤撰。

《昊天塔》

《双凤记》明陆华甫撰。

《西川图》

《念八番》宜兴人万树撰。

《三桂记》

《望湖亭》苏州人沈伯明撰。

《立命说》自称万春园主人。

《沧浪亭》蕊栖居士撰。

《百寿图》一名《柏寿图》。

《报恩亭》

《别有天》

《小天台》

《双凤环》

《情不断》许炎南撰。

《紫珍鼎》

《龙凤图》

《龙凤合》

《桃符记》

《金锁记》

《杀狗记》徐时敏撰。

《琼林宴》

《珍珠米糷记》

《乾坤啸》

《艳云亭》

《威凤记》汪廷讷撰。

马翼如序,坐隐先生。

《武当山》

《石麟镜》

《合剑记》真定刘键邦撰。

《断乌盆》

《中山狼》

《剑丹记》

《还带记》

《全德记》明王稚登撰。

《百顺记》

《题塔记》

《折桂记》秦淮居士撰。

《梁状元》明嘉靖间临朐人冯惟敏撰。惟敏字汝行,举人。

《四美记》

《四喜记》

《真傀儡》或云王衡所撰。
《耆英会》明沈自徵撰。
《铁汉楼》蕊栖居士撰。
《樱桃园》明绍兴人撰。
《五代荣》
《龙山宴》明许潮撰。
《南楼月》明许潮撰。
《半臂寒》
《破窑记》
《回文锦》钱塘洪昇撰。
《远尘园》护春楼主人撰。
《莲囊记》明沈季彪撰，自署云四明山环溪渔父编。
《种种情》
《玉殿缘》
《双鸳珮》
《幻奇缘》
《白玉环》
《珊瑚钏》
《万花亭》江东郎玉父撰。
《霄光剑》
《赐绣旗》
《闹花灯》
《定天山》
《金貂记》
《三关记》明施凤来撰，平湖人，官大学士。
《谢金吾》元人撰。
《夺昆仑》
《虎符记》
《龙剑记》明万历间新都吴大震撰。大震字东宇，自称市隐生。
《五福记》
《天锡福》
《御雪豹》
《酒家佣记》明苏人陆无从、钦虹江合稿。同郡冯梦龙更定。
《玉带钩》
《义烈记》汪廷讷撰。薛应和序。
《义犬记》明万历间太常少卿陈与郊撰。
《节侠记》
《读书种》
《飞龙凤》

《冬青记》嘉兴人撰，自称槜李大荒逋客，与沈璟同时。
《西台记》陆世廉作。
《正朝阳》
《通天台》吴伟业撰。
《金鱼坠》明兴安姜以立撰。
《双珠记》
《香囊记》明邱濬撰。
《渔家乐》
《牡丹图》
《瑞霓罗》
《合璧记》明宁波人王恒撰。
《玉镯记》
《蜀鹃啼》邱屿雪撰。
《珊瑚玦》松江人周稚廉撰。稚廉字冰持。
《锦衣归》
《屈原投江》
《赵礼让肥》元秦简夫撰。
《范张鸡黍》元宫天挺撰。
《广陵仙》胡介祉撰。介祉大兴人。
《仙桃种》
《两生天》
《一文钱》明万历间人撰。自标曰破悭道人。
《闹门神》
《四奇观》明苏州朱素臣、朱良卿等四人合撰。
《天燧阁》
《天中天》
《沈香亭》
《龙凤钱》一名《双跨鸾》。
《大椿楼》
《合欢图》
《梦磊记》明会稽人史槃撰。冯梦龙重订。
《梅花楼》明嘉靖间旧本。
《楼外楼》一名《鹊梁记》。
《双合欢》
《鸳鸯梦》明末苏州人作。自称采芝客。
《玉瑑缘》明末人所作。
《彩霞幡》
《双叠缘》